いちにち、古典

〈とき〉をめぐる日本文学誌

田中貴子 Takako Tanaka

岩波新書
1958

まえがき

本書は、日本古典文学のなかに現れる〈とき〉とそれをめぐる人々のものがたりである。一日を「あさ」「ひる」「ゆう」「よる」、そして「まよなか」の五章に分け、それぞれの〈とき〉に描き出されたトピックについて綴っている。

周知のように、近代とそれ以前の世界では時間の計り方や数え方は異なるので、たとえば「あさ」といっても現代人の私たちがイメージする「朝」とはズレが生まれることもある。機械式の時計が発達した近代以降では、一時間の長さは一定であり季節によって変化することはないからである。本書で用いている「あさ」「ひる」などの名称は、正確な時刻制度に基づいて算出したわけではなく、かりに現在の午前六時から午後六時を昼間、それ以降を夜間としてゆるやかに区分けしたものであることをお断りしておく。

このようにおおまかな分け方をしたのは、益田勝実が「黎明」について述べた次の文章に影響を受けてのことである（「黎明――原始的想像力の日本的構造」）。

わたしたち日本人の脳裏では、実に永い間、闇の夜と太陽の輝く朝との境に、なにか特別な、くっきりした変り目の一刻があった。異変が起きるのは、いつもその夜と朝のはざま、夜明けの頃でなければならなかった。

本書では、一日を太陽の出ている時間帯と太陽の沈んでいる時間帯によって成り立っていると考え、その境目をそれぞれ「あさ」「ゆう」、それらの間を「ひる」「よる」、そして「まよなか」と相対的に呼ぶこととした。「まよなか」は「よる」よりもさらに深く昏い時間帯を想定している。

さて、ここで少し近代以前の古典文学に見える時間の計り方について述べておこう。一般的に、時間の計り方には不定時法と定時法がある。『デジタル大辞泉』によれば、不定時法とは、夜明けの始まりと日暮れの終わりを基準として昼夜を別々に等分する時法。季節や緯度・経度によって一時間(刻)の長さが昼夜で異なる。日本では室町時代後半から江戸時代まで用いられた。

というものだ。時代劇などでよく耳にする「暮れ六つ」などという言い方は、この不定時法の時刻表現である。

一方、定時法とは、

> 季節・昼夜に関係なく、一日の長さを等分して時刻を決める時法。

をいう。ただし、暦面上は奈良時代から江戸時代まで天保暦を除いて定時法が用いられていた。一日を十二等分し十二支を当てた「十二辰刻」が多く使われており、たとえば二十三時から一時までは「子」であり、そのちょうど真ん中の零時が「正子」(子の正刻)、十二時が「正午」(午の正刻)となるが、不定時法でも十二辰刻を使うので注意が必要である(国立天文台「暦Wiki」)。本書でも、文献の成立した時代によって定時法と不定時法の十二辰刻が混在している場合がある。

では、定時法ではいかなる方法で一定の時間を計ることができたのだろうか。そして、人々はそれをどのようにして知ることができたのか。時計の祖というべきものは、中国から伝わった「漏刻」と呼ばれる水時計で、『日本書紀』天智天皇十年(六七一)に設置された記事が見える。漏刻は水槽の小さな孔から水が流れ出る量によって一定の時間を計る仕掛けで、律令ではこれを司る漏刻博士が定められたが、平安末期には漏刻は途絶した(「漏刻」『国史大辞典』)。それ以降、中世では太陽の出入時刻を昼と夜の境とする不定時法が考案されたという(橋本万平『増補版 日本の時刻制度』)。

漏刻が宮中で時を刻んでいた時代、それを人々に知らしめる方法は太鼓であった。橋本万平によれば、次に引く『万葉集』の詠み人知らずの歌から、「漏刻で知った時刻を周知させる為に、太鼓を打ったことがわかる」ということである(『国歌大観』二六四一)。『延喜式』には、時刻によって太鼓を打つ数も明記されている。

時守りの打ち鳴す鼓数ふれば時にはなりぬ会はぬもあやし

(時守りが太鼓をうち鳴らす数を数えてみるともう会うはずの時刻なのに、まだあの人に会えないのはなぜだろう)

この太鼓は、いつ頃からか夜間は取りやめになり、口頭による「時奏」へと変わってゆく。

その様子をうかがうことができる記述が、『枕草子』第二百七十一段（新大系本）に見出せる。

時奏する、いみじうをかし。いみじうさむき夜中ばかりなど、こほこほとこほめき沓すり来て、弦うちならして、「なんなのなにがし、時丑三つ、子四つ」など、はるかなる声にいひて、時の杭さす音など、いみじうをかし。子九つ、丑八つなどぞ里びたる人はいふ。すべてなにもなにもただ四つのみぞ杭にはさしける。

（時を奏する様子はとても趣き深い。たいそう寒い夜中くらいに、こぼこぼと沓音を鳴らして近衛府の官人がやってきて、魔除けのために弓の弦をうち鳴らして、「何のなにがし、丑三つ（午前二時）」だの、「子四つ」（午前零時三十分）などという名乗りと時奏が遠くから聞こえてきて、時の簡に杭を差す音などはとってもいい雰囲気。「子九つ」とか「丑八つ」などと下々の者たちは言うけれど、それは奇妙に聞こえる。ぜったいに、時の簡にはただそれぞれの時の四つの刻にだけ杭を差すことになっているのだもの。）

ここからは、宮中とそれ以外（一般庶民）における時刻の知り方の違いが読み取れる。宮中では漏刻が設置され、それに従って官人は声で時を奏し、「時の簡」と呼ばれる板の当該箇所に約三十分ごとに杭を差して掲示する。しかし一般庶民では、時奏や時の簡に杭を差す音が聞こえるはずもなく、時刻はうち鳴らされる鼓鐘の数によって知る以外の方法はないのである。ちなみに、新大系本脚注によると「子午」は九打、「丑未」は八打などのように打つ数は決められている。

宮中から発せられた鼓鐘の音が聞こえる平安京の貴族なら、このようにして時刻を知ることができるが、都以外に住まう者たちは時刻の把握を近隣の寺院の鐘によっていたと思われる。先に引いた橋本万平は、次のように述べている。

元来寺院の鐘は、仏事を修する時の合図の時刻を知らせる目的で打たれていたものである。……寺院では毎日この時刻に鐘を撞いていた所が多かったので、正確、精密な時刻を必要としない時代にあっては、丁度よい時報の役目を果たしていたのである。

寺の鐘が多くの人々に時刻を知らせていた様子は、小野篁(おののたかむら)が愛宕寺(おたぎでら)を建立して鐘を鋳造させるという『今昔物語集』巻三十一ノ十九「愛宕寺鐘語」からもうかがえる(新大系本)。鋳物職人は、この鐘が不思議な力を持っているというのである。

この鐘をば、槌く人もなくて、十二時に鳴さむとする也。
（この鐘は撞く人もないのに一日に十二回鳴ります。）

鐘が勝手に鳴るためには、丸三年の間土に埋めておく必要があったが、別当（事務職）の法師が三年を待たずに掘り出してしまったので、鋳物職人はまたこう言った。

……然鳴らましかば、鐘の音を聞き及ばむ所には、時をも慥かに知り、微妙からまし。
（もし撞く人もなく鐘が鳴ったら、鐘の音が聞こえるところは、時刻もはっきりとわかり、すばらしかっただろうものを。）

鐘の音によって時刻を知らせるということは、中世ヨーロッパでも同じであり、鐘の音が響く領域は共通の時刻を有する共同体をなしているのである。漏刻が宮中にあったことからもわかるように、時刻を掌握することは権力の象徴でもあった。そして、その権力の下、同じ時刻を共有して行動することは一つの文化だったともいえよう。

いうまでもないが、現代とは異なり、近代以前の世界は地域、時代によって多様な時間を有してもいたから、まったく同じ時間帯に決まった行動をする人々ばかりではなかった。しかしながら、どの時代でも古典文学には生きている人間の姿が描かれているのである。だから、それぞれの時間をさまざまなトピックで切り取ってみれば、文学のなかの人のいとなみがおのずと浮かび上がってくるはずであろう。それはゆるやかに変化しながら、今を生きる私たちの生活へとつながっているのである。

かつて勝俣鎮夫は「バック トゥ ザ フューチュアー」という論文でこう述べた。

われわれは、中世の人々が、自分たちの生きてきた「跡」、先人より伝えられてきた「サキ」の経験を「跡」(歴史)として「アト」の人々に伝えることが重要な使命であり、それが何より大切な「跡」(遺産)となることを信じていたことがよくうかがえるのである。

このことばに背中を押されて、私もこう言おう。古典文学は捨て置かれた過去ではなく、現在へ、そして未来へと進化する種子を孕んでいるものなのだ、と。その種はそれぞれの時代で静かに花を咲かせているのである。

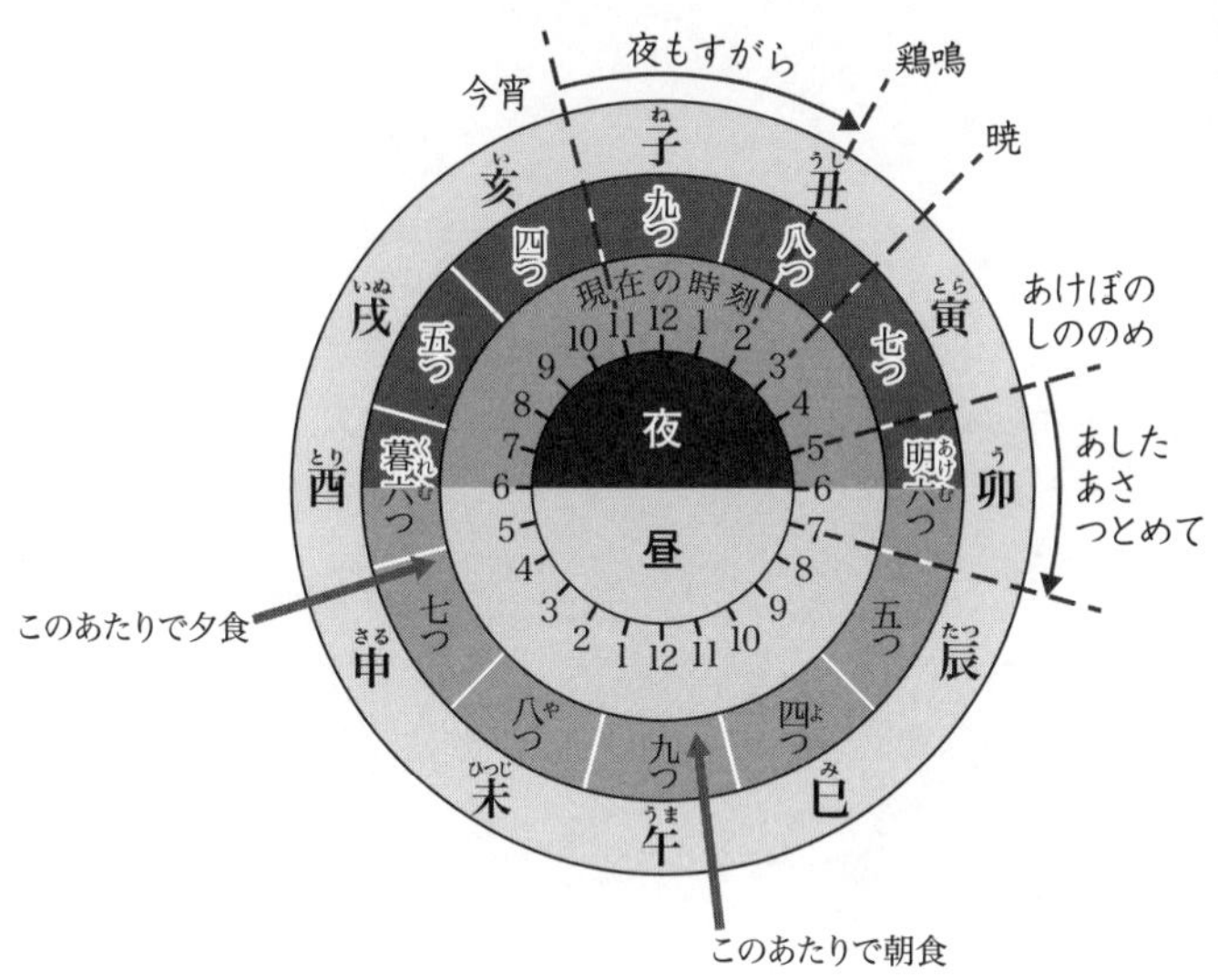

夜もすがら
今宵
鶏鳴
暁
あけぼの
しののめ
あした
あさ
つとめて
子
丑
寅
卯
辰
巳
午
未
申
酉
戌
亥
九つ
八つ
七つ
明六つ
五つ
四つ
九つ
八つ
七つ
暮六つ
五つ
四つ
現在の時刻
夜
昼
このあたりで夕食
このあたりで朝食

目次

V　まよなか

I
あさ

鶏が鳴く

鶏の鳴き声は古来おおよその時刻を知る手段であったが、鶏が鳴くと同時に、夜が明ける——、そう思っている人は多いのではなかろうか。昭和の時代、谷岡ヤスジ描くムジ鳥が朝日とともに「アサーッ」と叫ぶ漫画が一世を風靡したのを思い起こす。しかし、実は鶏が鳴くのはまだ暗い時間帯なのである。鶏の鳴き声が印象的な夏目漱石の『夢十夜』「第五夜」でも、そのように読める箇所がある(『漱石全集』第十二巻)。

夜が明けて鶏が鳴く迄なら待つと云つた。……すると真闇な道の傍で、忽ちこけこつこうと云ふ鶏の声がした。……こけこつこうと鶏がまた一声鳴いた。

神代に近い昔、命を奪われることになった男に一目会うため女は馬にまたがって夜道を急ぐ。

期限は鶏が鳴くまでである。ところが、女を邪魔する天探女(あまのじゃく)が鶏の鳴きまねをし、その拍子に足を折った馬とともに、女は深い淵に転落していった……。かなしいものがたりである。

ここからは、二つの要点を読み取ることができる。一つは、先に述べたように一番鶏が時を告げるのは「真闇な」時間帯であること。そしてもう一つは、周囲がどんなに暗くても鶏が鳴くのは「夜が開け」るしるしであると考えられていたことである。だからこそ、「女」は天探女が作ったいつわりの鳴き声にだまされてしまったのである。鶏はムジ鳥のように朝日とともに鳴くのではなく、鶏の鳴き声は、「これから朝が来るよ」という先触れというべきものなのだ。

そもそも、鶏が時を作ることやその時刻そのものを「鶏鳴(けいめい)」と称する。『日本国語大辞典』(第二版、以下同)には次のように説明がなされている。

> 一番鶏が鳴くころ。午前二時ごろ。丑(うし)の時。八つ時。

つまり、鶏は「ともに夜をすごした男女が別れる時刻」である暁(あかつき)(詳しくは次章参照)に先駆けて鳴くということになる。男は女のもとから帰らないといけないことを、鶏の声で知るのだ。

『伊勢物語』第五十三段は、それがよくわかる例である（新全集本）。

むかし、男、あひがたき女にあひて物語などするほどに、とりの鳴きければ、

いかでかはとりの鳴くらむ人しれず思ふ心はまだ夜ぶかきに

（昔、ある男がなかなか逢えない女に逢えて一夜語り合ったところ、鶏の鳴き声が聞こえたので、「どうして鶏が鳴くのだろうか。私が心に秘めてお慕いする気持ちは、いまだ夜が深々として明けないように、まだまだつきるものではないのに」と詠んだ。）

もちろん、一番鶏の声はやすんでいる誰もの耳に届くはずである。鶏鳴は、人々に起床をうながす重要なしるしでもあった。目覚めの目安は視覚ではなく、闇の中でもよく伝達される聴覚情報によったのである。すると、それを利用して偽の鶏鳴を作った天探女と同じことをする人も出て来る。たとえば、「百人一首」六十二番としてよく知られた清少納言の和歌もそうだ（角川ソフィア文庫『カラー版 百人一首』）。

夜をこめて鳥のそら音ははかるともよに逢坂（あふさか）の関はゆるさじ

（夜が深いうちに一番鶏の嘘鳴きをたくらんでも、私とあなたとが逢うという逢坂の関を通すことは絶対にできませんよ）

これは『史記』「孟嘗君列伝」に記される、いわゆる「函谷関」の故事を踏まえた和歌である。その大意を示しておこう。函谷関に男女の逢瀬を意味する逢坂の関をかけて、言い寄る男をさらりとかわした機知がいかにも清少納言らしい。

秦の昭襄王の追っ手から逃れた孟嘗君一行は秦から脱出しようと夜中に函谷関まで来たが、鶏が鳴いてから旅人を通すことになっていた関の規定を逆手にとり、一人が鶏の鳴き真似をすると周囲の鶏も鳴き出し、孟嘗君は無事関を通ることができた。

鶏が鳴くと帰って行くのは、恋人だけではない。もっぱら夜を活動の時間帯としている異形のものたちもそうである。昔話「こぶとりじいさん」の原話として知られる『宇治拾遺物語』巻一ノ三「鬼に瘤とらるる事」は、山中で鬼たちに遭遇し、披露した舞の報償に頬の大きな瘤をとってもらった老爺の話であるが、鬼たちはひとしきり宴会を楽しんだ後、暁に鳥などなきぬれば、鬼共かへりぬ。

と語られる（新大系本）。山中に鶏がいるというのは考えにくいし、鶏は暁に先駆けて鳴くので、この「鳥」を鶏と断ずることはできないが、何らかの「鳥」の声が夜と昼の世界を分ける役割を果たしていることは確かだろう。ちなみに、ここから考えると、室町時代から近世にかけて数多く制作された「百鬼夜行絵巻（ひゃっきやぎょうえまき）」諸本のいくつかに見られるような昇る朝日にあわてふためく化物たちを描くラストシーンは、「まだ暗いうち鳥が鳴いて帰ってゆく」という本来の化物の姿からは離れている。おそらく、時代が下ってからの新たな解釈であろうと思われる。

さてここで、少し別の話題に触れておきたい。鶏（「鳥」と呼ばれる場合も多い）の鳴き声といえば思い出すのが、「あづま（東）」の枕詞「鳥が鳴く」ではないだろうか。この枕詞は『万葉集』に頻出するにもかかわらず、『古今和歌集』以降はまったく姿を消してしまうという謎多き存在なのである。『万葉集』の一例（『国歌大観』四三三三）では、このように使われている。

鳥が鳴く東男（あづまをとこ）のつまわかれ悲しくありけむとしのをながみ

（鳥が鳴くという東男が妻と別れるのは悲しい。長い別れになるから）

また、なぜ「鳥が鳴く」が「あづま」にかかるのかという問題に対する答えも明確に出されていない。『時代別国語大辞典・上代』の「とりがなく」項によるといくつかの説があげられている。

枕詞。東国（あづま）にかかるが、かかり方未詳。鶏が鳴くぞ、起きよ吾夫（あづま）、の意とも、鶏が鳴くと東より白みそめるからとも、東国のことばは中央の人には鳥の鳴くように聞えたのであろうともいわれる。

『古事記』で、天照大神（あまてらすおおみかみ）が天岩戸（あまのいわと）に隠れたとき、「常世（とこよ）の長鳴鳥（ながなきどり）を集め、鳴かしめて」岩戸を開けるのに成功したというくだりがあり、「鶏は暁を告げる鳥であるから、太陽に関する霊鳥として尊ばれ、また闇を追ひ払ふ除魔的存在として信じられ」（桜井満「鶏が鳴くあづま」）や、「いずれも、闇夜と夜明を二分し、明暗の世界をも二分し、別れのシーンでは時間をも引き裂く鶏鳴でもあった」（高嶋和子「鶏」）などのように諸説紛紛だが、今までみてきたように鶏はまだ夜の暗いうちに鳴くので、「鶏が鳴くと東より白みそめるから」という説明は成り立ちにくい。

「鶏が鳴くぞ、起きよ吾夫」という箇所は、「神楽歌」の、

鶏はかけろと鳴きぬなり。起きよ、起きよ。我が門に夜の夫人(つま)もこそ見れ。

に依拠するものだが、それ以外に根拠がなく、この枕詞を前提とした後付けのようにも思える。「東国のことばは中央の人には鳥の鳴くように聞こえた」は、『拾遺和歌集』四一三の「しただみ」という貝の名を文句に隠した「物名歌(もののなうた)」と呼ばれる和歌からであると思われるが、『万葉集』と時代が離れすぎているのが気になるところである。

あづまにて養はれたる人の子は舌だみてこそ物は言ひけれ

（東国で生まれ育った人の子は、訛ってしゃべるということよ）

結局、「鳥が鳴く」という枕詞については謎だらけのままであるが、少なくとも、「鶏が鳴い

たら空が白む」や、「東のほうから夜が明けてくる」などの説を援用するのは無理があるということは確認されよう。

さて、この章でもう一つ問題にしたいのは、一番鶏の鳴き声が時刻を示すものだという意識が平安時代の社会にあったとすれば、その鶏がどこで飼育されていたかということである。昭和時代でも一般家庭で卵などをとるために鶏を飼育することが多かったが、令和時代に暮らす現代人にとっては感覚的に実感しづらい過去の風景となってしまった。肉食の禁忌があった平安時代に、光源氏のような貴族が暮らす邸宅や宮中において、声がすぐ聞こえるような場所で鶏を飼育することはあったのだろうか。

『源氏物語』で鶏の時を告げる声が最初に描かれるのは、光源氏と空蟬(うつせみ)の後朝(きぬぎぬ)の場面である(吉海直人「後朝を告げる「鶏の声」――『源氏物語』の「鶏鳴」」)。紀伊守邸に方違(かたたが)えした源氏は、紀伊守の父の後妻である空蟬と一夜をともにする(「帚木(ははきぎ)」巻、新全集本)。

鶏も鳴きぬ。人々起き出でて、「いといぎたなかりける夜かな」、「御車引き出でよ」など言ふなり。守(かみ)も出で来て、女などの、「御方違えこそ。夜深く急がせたまふべきかは」など言ふもあり。

（鶏が鳴いた。人々は起き出してきて「昨夜はよく眠ってしまったなあ」、「御車を引き出せ」などと言うようだ。紀伊守も出てきて、女房たちのなかには「御方違えだから、すぐにお帰りを急がせることはあるまい」と言う人もあった。）

この「鶏鳴」は源氏の一行だけではなく、紀伊守邸の人々の耳にも届いており、女房の発言もそれをうけたものだと吉海は述べている。とすれば、鶏の声は紀伊守邸でも時刻を知るものとして用いられていたと思われるが、この鳴いた鶏は（そんなものがあればだが）野生の鶏ではなく、紀伊守邸かそのごく近くの屋敷で飼われていたはずである。

ところが、吉海直人が指摘するように、同じく『源氏物語』の「夕顔」巻では、庶民的な空間である五条の夕顔の家に泊まった源氏は、後朝に鶏の声を聞いていないのである。

明け方も近うなりにけり。鶏の声などは聞こえで、御岳精進(みたけさうじ)にやあらん、ただ翁(おきな)びたる声に額(ぬか)づくぞ聞こゆる。

（明け方が近くなった。鶏の声などは聞こえず、御岳精進であろうか、老人めいた声で拝むのが聞こえてくる。）

図1 「年中行事絵巻」の闘鶏の場面

わざわざ「鶏の声などは聞こえで」と記し、その代わりに御岳精進（山岳信仰の中心地である吉野の金峯山寺に参詣するための精進潔斎）の経でも唱える声を源氏に聞かせたのは、貴族の屋敷との違いを鮮明に示すためであろう。鶏の声が聞こえない後朝は、源氏にとっても新鮮な驚きであった。

もちろん、後朝に響く鶏の声は物語の設定として用いられたものであり、現実世界の事情とは異なる。しかし、貴族の生活空間と庶民のそれとを截然と分けるしるしとして鶏の声が物語に使われたのは、『源氏物語』の同時代の読者が納得する必然性があったからだろう。鶏が恒常的に貴族の屋敷や宮中で飼育されたのは、食料調達というより儀式としての闘鶏があったからだと思われる。そもそも、時を作る鶏は卵を産まない雄だけであり、闘鶏に使われるのもまた雄の鶏なのだ。

宮中では「鳥合わせ」と呼ぶ闘鶏が、毎年三月三日におこなわれていたことは、「年中行事絵巻」にも描かれている（図1）。記録からピックアップすると『日本三代実録』には、元慶六年（八八二）宮中で、また『日本紀略』では天慶六年（九四三）御前で闘鶏が開催された記事が見られる。中世まで時代が下ると闘鶏も庶民の間に広がっていくようだが、夕顔の家で朝、鶏鳴がなかったのは、この周辺の家で雄の鶏が飼育されていなかったからであろう。鶏の声で起床をうながされるのは、身分的特権ともいうべきものだったのである。

暁の別れ

大学に所属していると、時々マスコミや一般の方からお問い合わせを頂くことがある。調べ物をしないとわからないこともありすぐにお答えできない場合が多いが、次の質問はやっかいなものの一つだった。いわく、「「あかつき」と「あけぼの」と「しののめ」は時間的にどのような順番になるか」。『枕草子』冒頭章段が「春はあけぼの」で始まることもあって関心が高いせいか、このお問い合わせは複数回あったと記憶する。「あさ」の時間帯を表す語はほかにも「つとめて」や「あさぼらけ」などがあり、実はこの問題は非常に複雑であって、即答しづらいものなのである。これらが重なり合わず順番にやってくる時刻を指すのであれば事はもっと単純なはずだが、そういうわけでもない。

誰しもひとまず引いてみる『日本国語大辞典』の「あかつき」の説明は、このようになっている。

上代には「あかとき」で、中古以後「あかつき」となって今日に及ぶ。もともとは、夜を三つに分けたうちの「宵」「夜中」に続く部分をいったが、明ける一歩手前の頃をいう「しののめ」、空が薄明るくなる頃をいう「あけぼの」が、中古にできたために、次第にそれらと混同されるようになった。

「あかつき」は本来、「朝に最も近づいた夜」の時間帯を指すが、「しののめ」「あけぼの」と混同されて今に至る、というのだから、三者を厳密に分けることは難しい。また、散文や韻文といった文の種類によっても選ばれる語は変わってくる。同辞典の続きを引用しよう。

中古では「あかつき」は歌・散文の双方に用いられるが、「あけぼの」は基本的には文章語(中世和歌には多い)、「しののめ」は歌語である。通い婚の習俗では、「あかつき」は男が女と別れて帰る刻限であり、「あかつきの別れ」などの表現もある。

ところが、平安時代の時間表現について小林賢章『「暁」の謎を解く――平安人の時間表現』

が公刊されたことで、少なくとも「あかつき」については合理的な説明が付けられるようになった。小林は日が昇って空の色が変わるという視覚面ではなく、「あく」という動詞が日付が変わる意味であることに注目し、「あかつき」をこう定義したのである。

動詞「明く」は「午前三時になる」、「日付が変わる」意味でこの時代には使用されていた。当時日付が変わるのは午前三時だったから、アカトキは午前三時から二時間という意味を語の中に持っていることになる。

小林説は、「日付が変わるのは午前零時(子の刻)である」という現代人の常識からくる思い込みを明確な論理でくつがえしたという点で、画期的である。どんなに空が暗かろうが午前三時で日は変わるのだと考えると、小林が著書内であげている『枕草子』の用例などは疑問がすっきりと解消するのである。

さて、「あかつき」がこんにちの午前三時から午前五時までの時間帯であるとする小林説を念頭に置きながら、ここでは『日本国語大辞典』にあった「あかつきの別れ」という表現について、平安時代から中世への移り変わりを考えてみたい。繰り返しになるが、男性が女性のもとを訪れる通い婚では、「あかつき」は二人が別れる時でもあった。たとえ次の宵がめぐってきて再び逢いにくる場合でも、「あかつきの別れ」は歌に詠まれる情緒纏綿たる時間であったのだ。吉海直人が論述するように、なかでも『源氏物語』には「あかつきの別れ」を描く名場面が数えられる（『源氏物語』「後朝の別れ」を読む——音と香りにみちびかれて』）。「賢木」巻で娘が斎宮となり伊勢下向が決まった六条御息所と光源氏の別れを描く場面では、「あかつきの別れ」という表現そのものが登場している（新全集本）。図2は、横になったまま光源氏を見送る六条御息所の姿を描いた後代の源氏絵である。

図2　土佐光信「源氏物語画帖」賢木より

やうやう明けゆく空のけしき、ことさらに作り出でたらむやうなり。
（源氏）あかつきの別れはいつも露けきをこは世に知らぬ秋の空かな
出でがてに、御手をとらへてやすらひたまへる、いみじうなつかし。

（ようやく日付けが変わるという空の気配は、ふたりに合わせてわざわざこしらえたかのようである。光源氏が「あかつきに別れる際はいつも涙の露に濡れていましたが、今日は、今まで経験したことのないほど悲しい秋の空です」と、立ち去りにくそうに六条御息所の手をとってためらっている様子は、とても魅力的な優しさにあふれている。）

後朝の別れは光源氏にとって珍しいことではなかっただろうが、伊勢に行ってしまう六条御息所とはもう逢えないかもしれない別れとしてことさらに印象深いものだったのである。

こうした例を踏まえると、『枕草子』には「あかつきの別れ」に関する作者の視線を強く感じる章段がいくつか存する。よく知られている箇所だが、『源氏物語』との違いを見てゆくために引用しておきたい（第六十段、新大系本）。

暁にかへらん人は、装束などいみじううるはしう、烏帽子（ゑぼし）の緒（お）、元結（もとゆひ）かためずもありなんとこそおぼゆれ。いみじくしどけなく、かたくなしく、直衣（なをし）、狩衣（かりぎぬ）などゆがめたりとも、誰か見しりてわらひそしりもせん。人は猶、あかつきのありさまこそ、おかしうもあるべけれ。わりなくしぶしぶに起きがたげなるを、しゐてそのかし、「明すぎぬ、あな見苦し」などいはれてうちなげくけしきも、げにあかず物憂くもあらんかしと見ゆ。

（暁に女のもとから帰ろうとする男は、着ている物、烏帽子の紐や元結いもきっちりしすぎないほうがよい。とてもだらしなく、堅苦しくなく、直衣や狩衣などを着崩したりしていても、誰が笑ったりとがめ立てしたりするだろうか。それでもなお、男は暁のありさまこそ風情ある姿であるべきだ。仕方なくしぶしぶ起き出して来たのを、きつく急かされて「夜が明けてしまうわ、ああ見苦しい」などと言われて嘆く姿は、たしかに嫌なものだろうなと思う。）

理想的な「あかつきの別れ」がどのようなものかという作者の価値観がよくわかる章段で、公務の後に女性と夜を明かしまた公務に戻るという貴族の毎日では、物語のようにスマートには行かないようである。実際、後朝の別れの後に寝る時間がほとんどないらしいことは、『枕草子』第百八十二段（新大系本）を見れば納得される。

すきずきしくて人かずみる人の、よるはいづくにはありつらん、暁に返て、やがておきたる、ねぶたげなるけしきなれど、

（よくもてて多くの女性のもとに通っている人が、昨晩はどこに行ったのか暁に帰ってきてそのまま

起きているのが眠たそうな様子だが、）

こうした艶な風情のある「あかつきの別れ」は、恋をテーマとする和歌にも詠まれているが、同じ『源氏物語』でも宇治十帖の「総角（あげまき）」巻ではもう一つの要素が加わり、沈静的な内面が描かれるようになっていく。それは、近くの寺院から聞こえてくる暁の勤行（ごんぎょう）を知らせる鐘の音である。

明るくなりゆき、むら鳥の立ちさまよふ羽風近く聞こゆ。夜深き朝の鐘の音かすかに響く。……あな苦しや。暁の別れや、まだ知らぬことにて、げにまどひぬべきを」と嘆きがちなり。

（周囲が明るくなってきて、群れた鳥があちらこちら飛びかう羽の音がすぐ近くに聞こえる。晨朝（じんじょう）の勤行を知らせる鐘の音がかすかに響いてくる。……薫は、「なんて苦しいことでしょうか。暁の別れはまだ経験したことがありませんので、いかにも道に迷ってしまいそうです」となげく。）

夜をともに過ごしながら男女の関係がなかった薫と大君（おおいきみ）の、いわば「偽りのあかつきの別れ」の場面である。「賢木」やそのほかの『源氏物語』正編における「あかつきの別れ」では、鐘の音が聞こえるという記述は見えないのだが、ここで加わった理由は何だろうか。大君が世の中、ありていにいえば男女関係を厭いひたすら出家を希求していることも影響していようし、それ以上に、暁に殷々と響く鐘の音には人の世の無常や儚さを象徴し、俗世の人にそれを気づかせるという役割があったのではないだろうか。これによって、美しく艶麗な風情であった「あかつきの別れ」が、仏教的な諦念や寂寥という色合いを帯びることになると思われる。

「あかつきの別れ」に鐘の音が効果的に響く場面としては、『源氏物語』から時代が下った『とはずがたり』があげられる。後深草院（ごふかくさいん）からあながちに関係を迫られ、初日はかわしたものの二日目その手に屈した二条は、不本意な「あかつきの別れ」で鐘の音を耳にする（新大系本）。

結ぶ程なき短夜（みじかよ）は、明け行く鐘の音すれば、……観音堂の鐘の音、ただわが袖に響く心地して、「左右にも」とはかかる事をやなど思ふに、なほ出でやり給はで、

（二人で夢を結ぶほどの時間もない短い夜が、晨朝の鐘とともに明けて、……観音堂の鐘の音がまるでわたしの袖にしみこんでゆくような気持ちがして、「どうにもならぬこと」とはこういうことをいうのだろうか、などと思っていると、後深草院はいまだお出でにならないで、）

愛し合っている男女ならば短い夜を惜しむ気持ちもあろうが、暁の鐘は二条のやりきれない思いと、明けてもなお出て行こうとはしない後深草院へのいとわしさという感情を表している。

このほかにも、二条は大切に養育してくれた最愛の父親との死別の際に、やはり暁の鐘の音を書き残している。

これや教への限りならんと悲しきに、明け行く鐘の声聞ゆるに、
（これが父の遺言なのだと悲しく思っていると、暁の鐘の音が聞こえてきて、）

『とはずがたり』は人間関係における重要な場面で「明け行く鐘の音」という表現を使用しており、暁の鐘が二条の心情と深く関わっていることが日下力によって明らかにされている（「『とはずがたり』の鐘——その寓意性をめぐって」）。

平安時代、「あかつきの別れ」は男女の別れの時間を指していたが、『源氏物語』から約三百年後の『とはずがたり』では、鐘の音という要素が加わることによって、恋愛だけではない大切な人との永遠の別れをも意味するようになる。それは、次章で述べる暁の仏教的な意味も加

わって、別れにともなう人の世の無常を感じさせるからだろう。

和歌の世界でも、同じことが起こっている。平安時代、「暁の鐘」はもっぱら恋の歌として詠まれていた。たとえば、『後拾遺和歌集』九一八の小一条院（こいちじょういん）の和歌を引いてみる。

　をんなのもとにてあか月かねをききて
　暁の鐘の声こそ聞こゆなれこれを入相（いりあひ）と思はましかば

（女のもとで暁の鐘を聞いて、「ああ、暁の鐘が聞こえるなあ。これが、これから恋人に会える宵の入相の鐘と思えたならよいのに」）

寺院では暁と宵に鐘を撞いていたので、ここでの「暁の鐘」は「入相の鐘」と一対になり、男女の逢瀬にかかわる時間を示しているだけであるが、中世の和歌では「暁の鐘」は次第に恋の気配を消してゆく。次の『風雅和歌集』一六二八の祝子内親王（のりこないしんのう）による和歌は、遠くからかすかに届く暁の鐘が主役となった叙景歌であるが、「あけやらで」「とほき」などの語を深読みすれば、釈教歌（しゃっきょうか）のような仏教色感じられる静謐な和歌である。

暁の心を
山ふかみおりゐる雲はあけやらでふもとにとほきあかつきのかね
（山が深いので留まっている雲が晴れきらないなか、麓から遠い暁の鐘が響いてくる）

中古から中世へという時代の移り変わりによって、「暁」という時間帯が象徴しているものが変化していく様相を述べてきた。男女の別れとは常に切ないものだが、ひるがえってみるとそのつらさは仏教の八苦（はっく）の一つである「愛別離苦（あいべちりく）」に他ならない。生きている限り、必ず愛するものとの別れは来る。暁に別れて、また夕方再び逢えるかどうかは、実は誰にもわからないのである。「あかつきの別れ」と鐘の音とが結びつき、人の世の儚さを表すものとなっていく背景には、こうした思想の深化があったのかもしれない。

暁は救済のとき

地蔵菩薩は、最も身近な民間信仰の対象であろう。地域によっては、路地の奥にひっそりと石地蔵が祀られているのを目にすることもある。なぜ「お地蔵さん」がこんなに親しまれているのかというと、私たちが地獄に堕ちてしまったとき、助けてくれるといわれているからではないだろうか。『地蔵菩薩霊験記（じぞうぼさつれいげんき）』をはじめとして、中世には地蔵が小坊主の姿などに変身して地獄まで出張してくる説話が多数見られる。だから、地蔵の姿を拝むと地獄に堕ちることなく極楽往生できる、という信仰があるのだ。

では、その地蔵にはいつ、どこで出会えるのだろうか。生身の地蔵を拝むことができたという『宇治拾遺物語』巻一ノ十六「尼、地蔵見奉る事」を引いてみよう（新大系本）。

今は昔、丹後国に老尼ありけり。地蔵菩薩は暁ごとにありき給ふといふ事を、ほのかに聞きて、暁ごとに、地蔵見奉らんとて、ひと世界をまどひありくに、博打のうちほうけてゐたるが見て、「尼公は寒きに、何わざし給ぞ」といへば、「地蔵菩薩の暁にありき給なるに、あひ参らせんとて、かくありく也」。

（今は昔のこと、丹後国に年老いた尼がいた。地蔵菩薩は暁ごとに各地をおまわりになるということをどこかから聞いて、毎日暁の時分にあちらこちらをさまよい歩いていると、勝負に負けて身ぐるみはがれた博打打ちがそれを見て、「尼さん、寒いのに何しているんだ」と問うと、「地蔵さまが暁に歩きなさるというから、お会いしようと思って歩き回っているのですよ」と答えた。）

博打打ちは謝礼ほしさに、「地蔵」という名前を持つ子どもの居場所を教えるが、子どもが手にしていた木の枝で自分の額を掻くと、尼の信心の篤さに応えたものかそこから地蔵菩薩の顔がのぞいたので、尼は結果的に極楽往生を遂げたと記される。

この話そのものの出典は未詳だが、「地蔵菩薩の暁にありき給なる」という尼の言葉には、新大系本の注によると次のような典拠が存在していた。

延命地蔵経に「毎日晨朝、諸定に入る。六道を遊化し、苦を抜き、楽を与ふ」とあるほか、諸書に説かれる信仰である。

『延命地蔵菩薩経』の部分は、「地蔵菩薩は毎日早朝に煩悩を滅却して静かに真理について考える。六道をめぐって衆生(しゅじょう)の苦を除き引導する」という意味であるが、『宇治拾遺物語』の本文と見比べてみると、地蔵との遭遇の時間帯がかたや「暁」、かたや「晨朝」と異なっているのに気づかされる。「暁」が現在の時刻ならどのくらいになるかは前章で述べた通りだが、先に便宜上「早朝」と解釈しておいた「晨朝」が『宇治拾遺物語』ではなぜ「暁」に変わったのか、というのが本章のテーマである。

まず、「晨朝」という語の意味について、『日本国語大辞典』ではこのように説明されている。

(1)仏語。一昼夜を六分した六時(晨朝・日中・日没・初夜・中夜・後夜)の一つ。辰(たつ)の刻。現在の午前八時頃。(2)仏語。寺院で行なう朝の勤行。(3)「じんじょう(晨朝)の鐘」の略。

「晨朝」は時間帯を表す仏教語であり、朝の勤行やそれを知らせる朝の鐘をも指すというのである。中村元『仏教語大辞典』では時間帯がもう少し広く、「昼を三時に分けたうちの卯から巳の刻(午前六時—十時)をいう」とされている。一日を六つに分けてそれぞれの時間帯に勤行をおこなうことは、衆生が輪廻するという「六道」、すなわち地獄道、餓鬼道、畜生道、修羅道、人道、天道に対応している。「晨朝」の勤行は、六時それぞれに極楽を願って唱えられる善導の「往生礼讃」に、

> 平旦の偈にのたまはく、寂滅の楽を求めんと欲せば、まさに沙門の法を学すべし。衣食は身命を支ふ。精麤、衆に随ひて得よ。もろもろの衆等、今日晨朝におのおの六念を誦せよと。

と見えている通りである(「浄土宗全書テキストデータベース」)。

地蔵菩薩が一日かけて六道を遊行するという教えは、説話の中にしばしば見出せる。たとえば、『沙石集』巻一ノ六「和光の利益の事」を見てみよう(新全集本)。

〔都の僧性円が魔道に堕ち、ある女に取り憑いて言うことには、春日大明神は〕春日野の下に地獄

を構へて取り入れつつ、毎日晨朝に、第三の御殿より、地蔵菩薩、洒水器（しゃすいき）に水を入れて、散杖（さんぢゃう）をそへて水をそそき給へば、一滴の水、罪人の口に入り、苦患（くげん）暫く助かりて、

（春日大明神は春日野の下に地獄を作った。毎日晨朝に第三の御殿から地蔵菩薩が水差しに水を入れて散杖で水を注ぐと、一滴の水が地獄で苦しむ罪人の口に入って苦患を免れて、）

春日大社が建つ奈良の春日野の下に地獄が作られているということは謡曲「野守鏡（のもりのかがみ）」にも描かれており、現世と地続きの地獄が想定されるのが興味深い。地獄はどんな人にとっても身近に存在し、あっという間に堕ちるものであるということを示す意図があるのかもしれないが、そうした「お隣り」にある地獄にも、地蔵はやって来るのである。地蔵のしたたらせた水が唇を潤している間だけ、罪人は苦を逃れられるのだ。ここでは、地蔵が地獄を訪れる時間帯が「晨朝」とされる点に注目したい。地蔵が人の前に姿を見せるのは「晨朝」である、ということが意識されていたことを物語っている。

もう一つ、『今昔物語集』の例を見てみよう。巻十七ノ十七「東大寺の蔵満（ざうまん）、地蔵の助けによりてよみがへるを得る語」でも、毎日の晨朝に地蔵を念ずる僧が登場している。

〔占い師から長生きは出来ないといわれた僧蔵満は〕六時に行道して、一心に念仏を唱ふ。亦、常に持斉して、毎日の晨朝に、地蔵菩薩の宝号一百八反唱ふ。此れ毎日の所作として怠る事なし。

（六時に行道して一心に念仏を唱えた。また、いつも食事を制限し、毎日晨朝に地蔵の名号を百八遍唱え、これを日々怠ることはなかった。）

蔵満は、長生きというより地獄へ堕ちることなく極楽往生したいために行をおこなったのだろうが、そのかいあって死に臨んで地獄の官人が迎えに来たとき、地蔵がやって来てこう言ったのである。「汝ぢ、我れをば知れりや。我れは此れ汝が毎日の晨朝に念ずる地蔵菩薩也（あなた、わたしが誰か知っていますか。わたしはあなたが毎日晨朝に念じてくれている地蔵菩薩ですよ）」。

これらの説話から、地蔵菩薩と「晨朝」という時間帯は深いつながりがあったことがわかる。しかし、最初に引いた『宇治拾遺物語』では「晨朝」をわざわざ「暁」というやまとことばに言い換えているのである。『色葉字類抄』などの古辞書には、「晨朝」を「あかつき」とする訓は見出せないので、これは言葉の上での言い換えというよりもっと意図的なものだと思われる。この「意図的」な行為を仮に「翻訳」と呼ぶことにしたい。

ただし、現在の時刻で午前三時頃とされる「暁」と「晨朝」とでは大きな時間のズレが起こってしまう。「暁」はまだ空が暗い時間帯であるのに、午前六時から十時頃を指す「晨朝」では（季節によっていくぶん違いはあろうが）もう日が昇っていることになる。

「晨朝」が「暁」と翻訳された背景には、どうやら「暁」に別の仏教的な意味が込められているのではないかと思われる。それをうかがわせる資料として、『延命地蔵菩薩経』の「毎日晨朝入諸定」の一句を歌題とした『新古今和歌集』の式子内親王（しょくしないしんのう・のりこ）の釈教歌をあげておく。なお、勅撰和歌集のなかでこの歌題を用いているのはこれ一首のみである（一九六九、新大系本）。

　百首歌の中に、毎日晨朝入諸定の心を

しづかなるあか月ごとに見わたせばまだ深き夜の夢ぞかなしき

（毎日静かな暁に見わたすと、まだ暗く深い夜の夢のような迷いのなかにいて、それがとても悲しいことだ）

式子内親王は後白河院の皇女で斎院（さいいん）を務めたこともある歌人だが、優れた釈教歌を作ってもいることで知られる。この歌も、人の迷いを夜の暗さにたとえて深い趣きをたたえている。その迷いを救済してくれるのが「あか月ごと」にやってくる地蔵菩薩であるというのだから、「あか月」が「晨朝」と対応しているのはいうまでもない。また、「あか月」が「まだ深き夜」、つまり日の昇らない時間帯であることも、午前三時頃という定義にかなっているといえる。「晨朝」が和歌にふさわしい表現として「暁」に置き換えられたのが式子内親王の独創かどうかさだかではないが、仏教経典の語を和語に詠み替えたのがこの和歌の優れた点であることは言うまでもなかろう。ただその場合、実際の時間帯の大きなズレはまだ解消されていない。おそらく、「晨朝」の代わりとして「あけぼの」でも「しののめ」でも「あさぼらけ」でもなく、他でもない「暁」が択ばれた背景には、とくに釈教歌において「暁」に何らかの象徴的な意味があったからではないかと思われる。

和歌の世界における「暁」は、男女の別れの悲しみやつらさが詠まれることが多い点はすでに先の章で触れたが、仏教において「暁」は「龍華三会（りゅうげさんね）の暁」といわれるように、釈迦の入滅の五十六億七千万年後に弥勒仏（みろくぶつ）が人間の住む世界に下って衆生を済度（さいど）するそのときを意味しているのだ。釈迦の教えで成道できなかった者も、弥勒が龍華樹の下で衆生済度のため開く三番の法会（ほうえ）(龍華三会)で悟りを得るといわれている。平安から鎌倉時代に至る「末法」の世において、弥勒の出現する「暁」という語の持つ意味は重かったと考えられる。たとえば、『とはずがたり』における「暁」について論じた吉野瑞恵は、二条の詠んだ「このたびはまつあか月のしるべせよさても絶えぬる契りなりとも」などの「暁」の歌について、未来の弥勒下生（げしょう）を願う信仰を表現する際に、「暁」や「朝」がともなわれることを指摘している（「弥勒菩薩による救済の表現『とはずがたり』を中心に」）。

釈迦が菩提樹下で十二月八日の明け方に悟りを開いたことになぞらえられて「竜華三会の暁」と名付けられたという。

無明長夜（むみょうじょうや）のなか救済を待ち望む衆生にとって、「暁」という語は単なる時間帯を指す以上に救済のときという特別な意味を持つものであったことがうかがえよう。『梁塵秘抄（りょうじんひしょう）』の釈教歌にも、和歌よりさらに直接的に「暁」における弥勒の救済を詠んだ今様（いまよう）が見出せる通りである（新大系本）。

> 三会のあか月待つ人は、処を占めてぞ坐（おは）します、鶏足山（けいそくさん）には摩訶迦葉（まかかせう）や、高野の山には
> 大師とか（二三四）

同じ「暁」の出現とはいえ、未来の弥勒と現在の地蔵とは異なるのであるが、おそらくは「暁の救済」という弥勒下生信仰と「晨朝の地蔵の到来」という信仰が衆生済度という点を軸として結びつけられ、「晨朝」を「暁」とする『宇治拾遺物語』や式子内親王の和歌のような表現が生み出されたのではないかと考えられるのである。

「暁」は静かで孤独な思索のひとときでもある。浄土を希求する者はみな、まだ暗い暁に、穢土（えど）に生きなければいけない我が身を思ったのだろう。同じく『梁塵秘抄』の歌には、そんな思いの発露が見てとれる。

あか月静かに寝覚めして、思へば涙ぞ抑へ敢へぬ、儚く此の世を過しては、何時かは浄土へ参るべき、（二三八）

仏は常に在（いま）せども、現（うつゝ）ならぬぞあはれなる、人の音せぬ暁に、仄（ほの）かに夢に見え給ふ（二十六）

ほのかにでもいい、仏が見たい。地獄に注がれる甘露のごとき一滴の水のように、仏たちを待ち望む人々の姿がここにある。

あのひとの・あさ

藤原師輔、出勤す

家事でも出勤でも、はたまた在宅ワークでも、仕事する人の朝は忙しいものだ。起床後は身支度を調え雑事をこなし、決められた時刻までにスタートラインに立たなくてはいけない。そんな慌ただしい朝の時間帯を、平安時代の男性貴族はどのように過ごしていたのだろうか。幸いなことに、朝の理想的なルーティーンを家訓として書き残している人物がいる。その名を九條右大臣・藤原師輔（九〇八〜九六〇）。平安摂関期に全盛時代を迎える藤原氏の祖でもある彼は、朝廷の有力者として大きな権力を誇っていた。そんな人でも、朝はとにかくすることが多い。おそらくこれが朝廷に出仕する男性貴族の平均的な日常であったと思われる。

師輔は、子孫のために貴族としての行動規範を『九條殿御遺誡』（日本思想大系『古代政治社会思想』に「九条右丞相遺誡」として収録）に書き残しているが、そこには彼の朝の様子をうかがわせる記述が見られる。平安貴族の日常、といった文章ではしばしば取り上げられる資料だが、普段あまり目にすることがないものなので一部を紹介してみたい。また、貴族の一日が意外とハードであったことについては、橋本義彦『平安貴族』、山口博『王朝貴族物語――古代エリートの日常生活』、日向一雅「源氏物語と平安貴族の生活と文化についての研究――貴族の一日の生活について」などに詳しいので、これらを参考にしながら師輔の朝の様子を見てゆこう。

さて、昨夜から暁まで愛しい人と語り合ったあとでも、ともかく朝は起きねばならぬ。目覚めを促すのは、陰陽寮（おんみょうりょう）で定められた宮城の諸門の開門を知らせる門鼓（もんこ）の音である（『延喜式』巻十六「陰陽寮」）。季節によって日の出、日の入りの時刻が変わるから一年のうちで変動するものの、日の出の数十分前に第一の大鼓が打たれ、日の出から四十五分後に第二の大鼓が鳴り、これをもって出仕する貴族たちの勤務時間が始まるとみなされたという（日向前掲論文）。思いのほかの早朝勤務に、いささか驚かれた方もあるのではなかろうか。平安貴族は、タフでなければ生きてゆけないのだ。

起床後ただちにおこなうルーティーンを師輔はこう記している。

先づ起きて属星（ぞくしやう）の名字を称すること七遍。

「属星」には、生まれ年によって北斗七星の一星が自分の運命星となる本命星（ほんみょうしょう）と、年度によって変わる当年星（とうねんしょう）の二種類がある（『日本国語大辞典』）。前者だと、子（ね）の年生まれの人は貪狼星（どんろうせい）が守り星になる、という具合だ。正月行事などでは後者を唱えることになろうから、ここでは個人の厄除けというような意味があるので本命星を指すのだろう。その名を七回唱えるのが朝一番におこなうべきことである。

次に鏡を取りて面を見、暦を見て日の吉凶を知る。次に楊枝を取りて西に向ひ手を洗へ。

続いて鏡に顔色を映して体調を見、「具注暦（ぐちゅうれき）」というカレンダーを見てその日の吉凶を確認する。具注暦とは陰陽寮が年々に作成し、予め吉凶が記入されているものだ。師輔の孫である藤原道長（ふじわらのみちなが）の『御堂関白記（みどうかんぱくき）』はこの具注暦に直接日記が書き込まれており、まさに現代のスケジュール手帳を見る感がある。楊枝は今の歯ブラシに当たり、西に向かって歯磨きと洗面をすませる。下仕えの侍女が角盥（つのだらい）という洗面器にお湯を入れてくるのだろうから、妻や使用人は早く家を出る貴族よりさらに早く起きていることになる。ここには書かれていないが、男性貴族の多くは前日から妻、あるいは恋人の家で宿泊し、暁ころに自宅に帰ってくる生活を送っていただろう（「暁の別れ」参照）。長年親しんだ妻と同居している場合もあろうが、藤原兼家の妻の一人である道綱母が書いた『蜻蛉日記』を見ると、妻はおつきの女房に命じて粛々と出勤の準備をしたようだ。

次に仏名を誦して尋常に尊重するところの神社を念ずべし。次に昨日のことを記せ。

洗面後には仏の名を唱え、信仰する神社に祈りを捧げる。藤原氏ならば、春日神社だろうか。仏の名とは、おそらく自分が信じる本尊の名だろうと思われる。『九條殿御遺誡』の中には、

ただし早く本尊を定め、手を盥洗ひて宝号を唱へ、真言を誦せよ。

という一文もあるからだ。師輔は父である藤原忠平（貞信公）が語ったこととして、「延長八年六月二十六日に清涼殿に落雷があったとき、みなは驚き慌てたが、自分は三宝に帰依していたのでとくに恐れることはなかった」と、本尊を持つことのご利益を記している。

そして、具注暦に昨日の出来事を記す。当時はほとんどプライベートな感想などを書くこと

がなく、儀式や行事のメモが大半を占める。毎日つける日記は「日次記(ひなみき)」といい、儀式や政務を務める際の参考として子孫に書き残す大切な資料である。『九條殿御遺誡』には、「前の日の仕事でもし納得がいかないことがあったら、忘れないよう具注暦に記しておくべきである。ただし、重要な事柄については別記に書き置いて後に参照できるようにしておけ」と、具注暦と別記の関係を示す箇所がある。『小右記(しょうゆうき)』など現在残っている多くの貴族日記は「別記」であり、日次記をもとにしてより詳しく記されたものをいう。

次に粥(しるかゆ)を服す。次に頭を梳(けづ)り、次に手足の甲(つめ)を除け、次に日を択びて沐浴(ゆするあみ)せよ。

今度は粥を食べる。よく「江戸時代以前、食事は日に二回だけだった」といわれるが、この粥は朝食にカウントされない軽食で、朝食は勤務終了後の午前十時から十二時くらいの間に自宅で摂ることになっている(「昼食の風景」参照)。今ならコーヒーや野菜ジュースだけ軽く飲むような感覚だろうが、摂らない場合もあったようだ。そして三日に一度頭髪に櫛を入れ、丑(うし)の日に手の爪、寅(とら)の日に足の爪を切る。入浴は五日に一度で、具注暦を参照しながら吉日を選んでおこなう。浴槽につかったり蒸し風呂に入ったりするのではなく、湯あみする程度の簡便なものだったようである。

ここまでを第一門鼓から数十分でおこない、第二門鼓が鳴る前に朝廷へ到着していなければいけないのだからかなり大変である。しかし、勤務が毎日必ず早朝からあるとは限らず、

　次に出仕すべきことあれば、衣冠を服て解緩るべからず。

と続くように、この段階で出勤するなら衣冠を整えて家を出ることになるが、そうでない場合もあったようだ。五位以上の官人は十一月から二月までを除き、節日（重陽の節句など、季節の変わり目に祝いをおこなう日）と雨の日以外は毎日登庁を義務づけられていたが（『延喜式』巻十八「式部上」など）、逆にいえば雨がひどいときは行かなくてもよくなるということでもある。また、参議以上や左右大弁などの高級官僚になると開門の後のいわば重役出勤が認められていたので、村上天皇のもとで右大臣従二位であった頃の師輔は、出勤時間をうるさくいわれることがなかったかもしれない。なお、支障がある場合は「仮文」（欠勤届）をすみやかに提出する必要があった。

このように、貴族の慌ただしい朝はこれから始まるハードな勤務の準備段階とでもいうべき

ものだった。勤務は宿直(とのい)を除いておおむね午前中に終わるが、複雑な人間関係や権力関係の交錯した環境で誤った判断をしないよう、勤務中の重圧はきわめて大きかっただろう。師輔も『詩経(しきょう)』「小雅(しょうが)」の「小旻(しょうびん)」の一節を引いてこう言っている。

戦々慄々として、日一日に慎むこと、深き淵に臨むがごとく、薄氷を履(ふ)むがごとしといへり。

この心持ち、いつの世でも働く人々の胸に響くのではないだろうか。こうして、平安貴族の朝は、始まるのである。

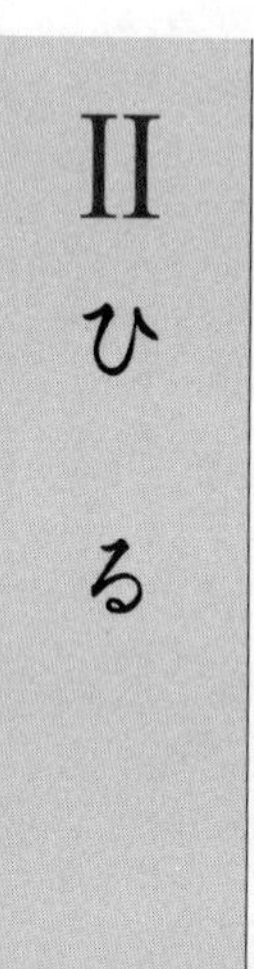

II ひる

昼食の風景

慌ただしい平日も、ゆったり食卓につく休日も、昼食の時間は人々に平等にやってくる癒しのときだ。だが、かつて食事は一日二食であり、昼食が摂られるようになったのはずいぶん後の時代からだということはよく知られている。福田アジオほか編『日本民俗大辞典 上』が、「食事」の項目で昼食が生まれた時期をこのように説明している通りである。

古くは食事をケといい、同時に食物や盛る容器も意味し、そこから一日の食事をアサゲ、ヒルゲ、ユウゲといった。平安時代には朝夕の二食で、労働の激しい者などが間食をとったという。次第に間食が固定化して中食(昼食)になり、中世から近世にかけて一日三食になり、定着した。

平安時代までの食事が基本的に朝夕であることは、平城京から出土した木簡に「常食朝夕」と記されていることからもわかる（奥村彪生「古代食の復元について」）。なお、朝といっても「あのひとの・あさ」で紹介した朝に軽く摂る粥は朝食と見なされず、朝食は午前の仕事の後に食べるものとされていた。

労働するには朝夕食だけで腹が持つはずはなく、正式な食事にカウントされない「間食」は比較的自由に摂られていたようだ。『日本霊異記』上巻第二縁にも、稲を舂く労働者のため「間食」を供するという箇所が見えている。

其の家室、稲舂女等に間食を充てむとして碓屋に入りき。
（その主婦は、稲つき女たちに出す間食を準備するため、踏み臼小屋に入った。）

この「間食」は、いつごろ「昼食」として定着したのだろうか。『日本民俗大辞典』では「中世から近世にかけて」とされていたが、やや漠然としている。「間食」は朝夕食の間の時間帯ならいつでもよいはずだが、これが現在の昼食の時間帯に固定化されていった過程を見るためには、「昼食」を意味する言葉が出現した時期を調べてみる必要があるだろう。

十三世紀に宮中でのいろいろな作法や取り決めについて順徳天皇がしたためた『禁秘抄（きんぴしょう）』には昼の食事についての言及があるものの、それを表す名称は明記されていない（国立公文書館デジタルアーカイブ、原漢文を現代語訳した）。

> 朝は巳（み）の時（午前九〜十一時）、夕は申（さる）の時（午後三時〜五時）に食事をするのは『寛平遺誡（かんぴょうゆいかい）』によるものである。ただし、日に三度供する場合は、ちかごろは昼を未（ひつじ）の時（午後一〜三時）に摂り、夕は夜に入ってからか。

激しい労働をすることがない天皇や貴族たちも、鎌倉時代になると昼食を摂る場合があったようだ。ただ、「昼食」を表す言葉である「ひるげ」は、十二世紀後半にはすでに見出せる。源俊頼（みなもとのとしより）の歌集である『散木奇歌集（さんぼくきかしゅう）』におさめられた俊頼と隆源阿闍梨（りゅうげんあじゃり）の歌のやりとりで、隆源の返歌に「ひるげ」という語が使われているのだ（日文研　和歌データベース、一三〇二）。

> 初刈りのにへのひるげのつかなりとほかけぞすべきいかが返さん

解釈が難しい歌だが、「今年初めて刈った稲で神の昼飯として捧げ物の「穂懸け」(田に立てた竹などに初穂を懸ける行事)をすべきだろうか、どうやってお返しすればよいのか」というような意味だろうか。この歌に注釈を加えた顕昭の『袖中抄』(第十六、日本歌学大系・別巻二)には、「ひるげはひるのくひ物也」とある。神への捧げ物ではあるがそれを「ひるげ」と表現したのは、この頃に人間も昼食を定時に摂るようになっていたからだろう。

「昼食」の呼び名は「ひるげ」のほかにもいくつかあった。時代は下るが、十八世紀後半の故実書である『貞丈雑記』巻六には次のように記されている(国立国会図書館デジタルコレクション)。

> 朝夕の飯の間に、うんどん又は餅などを食ふを、いにしへは点心、今は中食又はむねやすめなどいふ。

『日本国語大辞典』によれば、「点心」とは本来正午の食事の前に少量摂るものを指していたが、転じて禅宗では昼食の意味を担うようになったという。このほかに「昼のやしなひ」「おひる」などとも呼ばれるが、朝夕食とくらべて呼称が多いのは昼食が取り決められた正式な食事でなく、「間食」から派生した経緯と関わりがあるのかもしれない。これらの言葉は、平安末期から江戸初期にかけてさまざまな文献に見られるのでいくつか紹介してみよう。

「昼のやしなひ」は、芥川龍之介の小説「藪の中」の原拠として有名な『今昔物語集』巻二十九ノ二十三「妻（め）を具して丹波国に行く男、大江山にして縛らるる語」（新大系本）に出てくる。ある夫婦が旅の道づれとなった太刀を持つ男とともに大江山（おおえやま）を越える途中で昼食を摂る場面だ。

> 而る間、昼の養（やしなひ）せむとて藪の中に入るを、今の〔道づれとなった〕男、「人近（ひとぢか）には見苦し。今少し入てこそ」と云ければ、深く入にけり。
>
> （そうするうちに、夫婦が昼食をとろうと藪の中に入ろうとすると、道づれの男が「人目のあるところで物を食うのはみっともない。もうちょっと藪の中に入らないと」と言うので、さらに深く入った。）

昼食の風景

旅の最中なので、この昼食は携行食だったと思われる。どのようなものかわからないが、横浜市都筑区にある北川表（きたがわおもて）の上（うえ）遺跡から古墳時代の炭化した「おにぎり」が出土しているので（横浜市歴史博物館編『大おにぎり展――出土資料からみた穀物の歴史』）、おにぎり状の飯の可能性はありそうだ。諸説あるがおにぎりは「屯食(どんじき)」とも呼ばれ、蒸した米（強飯(こわいい)）を握ったものがはじまりといわれる。

携行食には現代の弁当にあたる「昼破子(ひるわりご)」もあった。『宇治拾遺物語』巻四ノ十五「永超僧都魚を食ふ事」には、朝廷から法会に招かれた奈良興福寺の永超(えいちょう)僧都が移動の途中でこれを使っている（新大系本）。

> 奈島(なしま)の丈六堂(じょうろくどう)の辺にて、昼破子食ふに、弟子一人、近辺の在家にて、魚をこひてすすめたりけり。

「破子」とは白木で作った弁当箱で、それに詰めた食料をも指している。ちなみに「弁当」はもともと「便利」の意味だが、室町時代の末には「食物携行用に案出された茶箱状の容器を、その便利さのゆえに「弁当」と呼びならわしていた」（佐竹昭広『古語雑談』）のである。

さらに時代が下って、十七世紀の咄本(はなしぼん)である『きのふはけふの物語』には、稚児(ちご)と小法師(こぼうし)の間で昼食を摂る時間とそれをめぐる笑咄(わらいばなし)が繰り広げられるが、昼食の時間帯がわかることが興味深い（講談社学術文庫）。

叡山の小法師ばら、山へ行(ゆき)さまに、「おちごさま、ここに御ひるがござる。九つをうつたらば、こしめせ」と申おきて、程なく山より帰りけるに、やうやう四つ時分に、はや参りたるあとあり。「いかに」ととへば、「はや九つ打たる」とおほせらるる。
(比叡山の小法師が叡山へ用事に行く際に、「おちごさま、ここにお昼ご飯がございます。昼の九つの鐘が鳴ったら召し上がれ」と言って、まもなく山から帰ってくると、ようやく四つになったばかりなのに食べた跡があった。「どうしたのですか」と問うと、「もう九つの鐘が鳴ったから」とおっしゃる。)

「まえがき」で記したように、「九つ」は午前十一時から午後一時、「四つ」は午前九時から十一時にあたるが、当時の時刻法では「四つ」の前の午前七時から九時が「五つ」となるので、四と五を足して九つになるから食べた、というオチなのだ。この時代には、現代と同じような時間帯に昼食を摂ることが定着していたと見られる。

活動量が多く腹の空きやすい青少年にとって、昼食は嬉しいものだったようだ。戦国時代の思い出を老庵主が後に口述した『おあむ物語』には、その率直な感想が生き生きと綴られている（岩波文庫）。

その時分は。軍（いくさ）が多くて何事も不自由な事で。おじやつた。……多分。あさ夕雑水（ざふすゐ）をたべて。おじやつた。おれが兄様は。折々山へ。鉄鉋うちに。まゐられた。其ときに。朝菜飯をかしきて。ひるめしにも。持たれた。その時に。われ等も菜めしをもらうて。たべておじやつたゆゑ。兄様を。さいさいすすめて。鉄鉋うちにいくとあれば。うれしうて。ならなんだ。

（そのころは、戦争が多くて何事も不自由なことばかりでした。……ほとんどは朝夕雑炊を食べておりました。私の兄はしばしば山へ鉄砲を撃ちにいらっしゃいましたが、朝には菜飯を炊いて昼飯にも持ってゆかれました。そのときには、私たちも菜飯をもらって食べておりましたので、しきりに兄に鉄砲撃ちをすすめて、そのたびに嬉しくてなりませんでした。）

つつましい菜飯であろうと、昼に食事が出来るのは喜ばしいことであったろう。腹が落ち着き、午後の活動への意欲も増す。こうした記述を読んでゆくと、古人が昼食にどのようなものを食べていたのかということに関心が向いてくる。おにぎりのようなもの、弁当箱に入ったもの、そして菜飯……。このほかうどんや餅が食べられることも多かったようで、室町後期の貴族である山科言国(やましなときくに)の日記『言国卿記』明応十年(一五〇一)二月二日条には、朝食に妻の両親を招き、昼にも酒と点心、「キリウトン」(切りうどん)、鱈(たら)の羹(あつもの)などでもてなした、という記事が見える。昼に麺類を食べることが多いのは、摂取カロリーの中心である炭水化物が手軽に摂れるからだろう。今と変わらぬ嗜好である。

　では、中世以前は昼食に何を食べていたのか。先に述べたように平安末期までは一日三食が固定化していなかったので、現代の昼食の時間帯に摂る食事は朝食という扱いになる。従って、「昼食の風景」というこの章のテーマとはややずれるのだが、昼時分の食事ということで少しのぞいてみることにしよう。

　実は、平安時代の文学は食事について詳細に描くことをしていない。普段の食事はきわめてパーソナル、かつ「褻(け)」にあたるものなので、あまり親しくない人に見せるべきではなかったらしい。先に引用した『今昔物語集』の説話にも、「人近には見苦し」とあった通りだ。『枕草子』第百八十七段にも、昼食に限ったことではないがそうした意識がうかがえる箇所がある(新大系本)。

宮仕人のもとに来などする男の、そこにて物くふこそ、いとわろけれ。くはする人もいとにくし。おもはん人の、「猶」など志ありていはむを、忌みたらんやうに、口をふたぎ、顔をもてのくべきことにもあらねば、くひをるにこそはあらめ。いみじう酔ひて、わりなく夜ふけてとまりたりとも、さらに湯漬(ゆづけ)をだにくはせじ。

(宮仕えの女房の部屋に来たりする男が、そこで物を食うのはまったくみっともない。食事を出す人にも腹が立つ。恋人が「ぜひ召し上がって」などと愛情込めてすすめるのを、忌み嫌うかのように口を塞ぎ、顔を背けて拒否するわけにもいかないだろうから、やむを得ず食べているのだろうけど。男がひどく酔っ払って、とんでもない夜更けに泊まりに来ても、私は絶対湯漬けすら食べさせないわ。)

ただし清少納言がこう書いているのを逆にとらえれば、親しい女のもとで湯漬などを所望する男が多かったことを意味してもいる。「同じ釜の飯を食う」というように、食事をともにすることは同じ共同体に属することでもあった。それは「大饗(だいきょう)」といった貴族の宴会での共食よりも、さらに小さく固い特権的な仲間意識を作り出すメカニズムだった。それがよく現れているのが、『源氏物語』「常夏(とこなつ)」巻で、光源氏が気の置けない殿上人たちと水飯(すいはん)を食べる場面である(新全集本)(図3参照)。

いと暑き日、東の釣殿(つりどの)に出でたまひて涼みたまふ。中将の君もさぶらひたまふ。親しき殿上人あまたさぶらひて、西川より奉れる鮎、近き川のいしぶしやうのもの、御前にて調じてまゐらす。……「さうざうしくねぶたかりつる。をりよくものしたまへるかな」とて、大御酒(おほみき)まゐり、氷水召して、水飯などとりどりにさうどきつつ食ふ。風はいとよく吹けども、日のどかに曇りなき空の西日になるほど、蟬の声などもいと苦しげに聞こゆれば、

図3 「源氏絵鑑帖」常夏より

(まったく暑くてたまらない日に、源氏は東の釣殿に出てお涼みになる。夕霧の中将もおそばにいらっしゃる。親しく出入りしている殿上人が大勢伺候していて、桂川からさしあげた鮎や、近くの賀茂川の川鰍(かわかじか)といったものを、源氏の御前で調理してさし上げる。……「退屈して眠たくなっていたところです。ちょうどよいところにおいでくださった」といって、酒をすすめ、氷水をお飲みになったり、水飯などをみなにぎやかにもりもり食べている。

風はとてもよく吹き通しているが、日は長くて雲一つない空がやがて西日になるころには、蟬の声なども実に暑苦しく感じるので、)

「西日になるころ」まで会食を楽しんでいるところを見ると、これは昼の時間帯から始まった食事だろう。心置きなく飯を食える間柄だからこそ、源氏たちは暑さを忘れて楽しむことができたといえる。盆地特有のねっとりとした京都の夏、ひとときの涼を求めて、入手しにくい氷水や調理したての新鮮な魚を摂るのは、この時代きわめて贅沢なことに違いない。そして、冷たい水を飯にかけた水漬で腹を満たす男たちのすくよかさ。思わず引き込まれるように鮮やかな、夏のひるめしの風景である。

昼寝の姫君

涼しい風が吹き抜けるなかで昼寝するのは、暑い時季の楽しみの一つである。かの清少納言も『枕草子』第四十一段にこう書いている(新大系本)。

七月ばかりに風いたうふきて、雨などさわがしき日、大かたいとすずしければ、扇もうちわすれたるに、汗の香すこしかかへたる綿衣のうすきを、いとよくひき着てひるねしたるこそ、をかしけれ。

(七月頃に風が強く吹き、雨が激しく降るときはだいたいとても涼しくなるので、扇を忘れるくらいだ。そんなときは、汗の匂いがちょっと残る薄い衣をまとって昼寝をするのがやっぱりいちばん!)

平安時代の七月は暦の上では秋になるが、現代だと八月末くらいに当たるだろうか。盆地の京都の暑さはまだ和らいでいないが、さすがに雨風のときは体感温度が下がるとみえる。ほんのり汗の匂いが残る衣、というところに熱気からのがれてほっと一息ついた心地よさが感じられる。同じ時代の歌人である曽禰好忠（そねのよしただ）も、風に吹かれる昼寝を詠んでいた（『夫木和歌抄（ふぼくわかしょう）』三三〇七。『新編国歌大観』。『曽丹集』にもあり）。

妹（いも）と我ねやのかざとにひるねして日たかき夏のかげをすぐさん

「かざと」とは風の通る戸口のことである。こちらは恋人と共に夏の日差しから逃れる昼寝で、風が吹くと快適そうだ。「昼寝」は江戸時代に夏の季語となった。服部土芳（はっとりとほう）の俳論集『三冊子（さんぞうし）』（元禄十五年〈一七〇二〉）に収められた芭蕉の有名な句がただちに浮かんでくる。なんとも涼しそうである（新全集本『連歌論集・能楽論集・俳論集』）。

冷々（ひやひや）と壁をふまへて昼寝かな

ところで、人が働いている昼間に眠りをむさぼる昼寝はいささか背徳的な愉楽でもある。これが怠惰と結びつくのは、早く『論語』「公冶長篇」に見えるのだという（大橋賢一「中国古典詩における昼寝について——唐代を中心に」）。もちろん日本でも、昼寝する人を怠け者というニュアンスでとらえ、悪口を言うことがあった。たとえば、意地悪な継母にいじめられる姫の物語である『落窪物語』はそのよい例だろう。ひそかに恋人と過ごしている落窪君に縫い物を言いつけようとした継母は、女房の「おやすみになられています」という返事に怒りを隠せず、貴族の奥方とは思えぬ罵詈雑言を吐くのである（第一、新大系本）。

北の方「なぞの御とのごもりぞ。物言ひ知らずなありそ。われらと一つ口になぞ言ふは。聞きにくく。あな若々しの昼寝や。しが身のほど知らぬこそいと心うけれ」とてうちあざわらひ給ふ。

（継母は、「いったい何が「おやすみ」じゃ。ものの言い方を知らないのかい？　あんなヤツに対して私たちと同じ言い方する必要なんかないよ。聞き苦しい。ああ、まるで子どもみたいに昼寝していて良いご身分だよ。自分の身の程を知らないのはほとほと情けないものじゃ」と言って嘲笑した。）

このような俗にまみれた感のある「昼寝」という言葉は、意外なことに王朝物語に散見される。しかも、眠っている姿を描写されるのは、年若い姫君が多いのである。昼寝は誰しもおこなう行為なのに、なぜことさらに姫君の昼寝が微に入り細をうがって描かれるのだろうか。そこには何か特別な意味、あるいは典拠があると思われる。

姫君の昼寝としておそらくよく知られているのは、『源氏物語』「常夏」巻の、光源氏のよきライバルである内大臣(かつての頭中将)の娘・雲居雁の昼寝場面だろう。雲居雁はこの後、幼なじみの夕霧(光源氏と葵の上の息子)と結婚する。いうなれば、世間を知らない箱入り娘である(新全集本)。

> 姫君は昼寝したまへるほどなり。羅の単衣を着たまひて臥したまへるさま、暑かはしくは見えず、いとらうたげにささやかなり。透きたまへる肌つきなど、いとうつくしげなる手つきして、扇を持たまへりけるながら、腕を枕にて、うちやられたる御髪のほど、いと長くこちたくはあらねど、いとをかしき末つきなり。人々物の背後に寄り臥しつつうち休みたれば、ふともおどろいたまはず。扇を鳴らしたまへるに、何心もなく見上げたまへるまみらうたげにて、つらつき赤めるも、親の御目にはうつくしくのみ見ゆ。

（雲居雁は昼寝をしているようである。薄い単衣を着て横になっているさまは暑そうには見えず、とても美しげにちんまりしている。衣から透けている肌の様子はたいそう愛らしく、可愛い手つきで扇を持ちながら腕を枕にして寝入っている。投げ出された髪はそれほど長く豊かというわけではないが、切りそろえた裾の風情が美しい。女房たちも物陰でそれぞれ横になって休んでいるので、雲居雁もすぐに目覚めることがない。父の内大臣が扇を鳴らしたので目を覚まし、何気なく見あげている目もとが可愛く、頬が上気しているのも、父親の目には愛らしくてたまらない。）

図4　住吉具慶「源氏物語四季賀絵巻」常夏より

なんとも無防備な姫君を内大臣はこのあと咎めるのだが、それよりもここで詳細に語られるのは、まるで腹を見せて無心に眠る飼い猫のような雲居雁の可憐さ、愛らしさである。衣から透ける肌や髪、赤らんだ顔からは、若い姫君だけに許された清楚なエロティシズムが感じられる（図4参照）。

これと似た無防備な昼寝の女性の愛らしさは、『紫式部日記』寛弘五年（一〇〇八）八月二十六日条にも描かれる。紫式部の同僚女房である弁宰相の君の昼寝姿だ（新大系本）。

上よりおるる道に、弁宰相の君の戸口をさしのぞきたれば、昼寝したまへるほどなりけり。萩・紫苑、色々の衣に、濃きがうちめ心ことなるを上に着て、顔はひき入て、硯の筥にまくらして臥したまへる額つき、いとらうたげになまめかし。絵にかきたる物の姫君の心ちすれば、口おほひを引きやりて、「物語の女の心ちもし給へるかな」といふに、見あげて、「物ぐるほしの御さまや。寝たる人を心なくおどろかす物か」とて、すこし起きあがり給へる顔の、うち赤みたまへるなど、こまかにをかしうこそ侍しか。

（中宮彰子さまのもとから下る途中で、弁宰相の君の局をそっとのぞいてみると、昼寝をしている最中でした。萩、紫苑など色々の襲に濃色の光沢ある衣を上に重ねて、顔を衣にうずめて、硯箱を枕に寝ている顔の様子が、とても可愛く若々しいのです。まるで絵に描かれた姫君を見るような気持ちがしましたので、顔の下半分を覆っている衣を引き下ろして「物語に出てくる姫君のお気持ちかしら」と言うと、目覚めた弁宰相の君は私を見あげて、「あなた、ひどいわよ、寝ている人を急に起こすなんて」と言いながら少し起き上がった顔のぼうっと赤らんでいる様子など、デリケートな雰囲気があって可愛いことでした。）

上気した寝起きの顔や、臈長けたというより幼い可愛さが詳述されるのは、雲居雁の場面と酷似している。紫式部が『源氏物語』の作者だから場面が似るのは当然だ、というわけではなく、ここには「昼寝する女性の美しさ」を描く何らかの典拠が想定されるからである。なお、「物語の女の心ち」とは、散逸して今は存在しない「こまのの物語」（別説に「くまのの物語」）を指している。『源氏物語』の「蛍」巻にも、「こまのの物語」に「昼寝している姫君」の挿絵が描かれている、という記述があり、また、『枕草子』にも同じ物語の名が見えることから、平安時代には有名な物語だったと思われる。

実は昼寝する姫君の姿は、中国六朝時代の詩集『玉台新詠』をはじめとして、詩のテーマとしてしばしば見出されるのである。紫式部ら女房は、こうした漢詩文を踏まえて昼寝の姫君を表わしたのだと考えられる。

梁の簡文帝が作ったそんなテーマの漢詩は、「内人（妻）の昼眠を詠ず」と題されている（巻七）。論述に関係する第五句目以降を引用しよう（『玉台新詠箋注』）。

夢笑(むせう)、嬌靨(けうえふ)を開き(ひら)　眠鬢(みんびん)、落花(らくくわ)を圧(お)す
簟文(たんもん)、玉腕(ぎよくわん)に生じ(しやう)　香汗(かうかん)、紅紗(こうしや)を浸(ひた)す
夫婿(ふせい)、恒(つね)に相(あ)ひ伴(ともな)はば　誤(あやま)る莫(な)かれ、是(こ)れ倡家(しやうか)なるかと
（夢見ながらの笑みは愛嬌あるえくぼをつくり、眠りで重たげな鬢が落花の上におちる
敷物の編み模様が腕について、香ばしい汗は赤い薄衣を濡らす
こんな姿をしていても、夫がいつもそばにいるので、娼妓と間違わないでくれ）

汗、髪、肌など、平安時代の姫君の昼寝姿と同じ表現がなされていることがわかるが、最終行からはこの詩がかなり際どい艶色詩であったことが感じられるし、実際後代では風紀を紊乱(びんらん)する詩と見なされていたようだ。衣がはだけるような危うい事態も伴う昼寝は、見る者の劣情をそそるものだったのかもしれない。しかし、『源氏物語』や『紫式部日記』では、成人女性の成熟したエロスが若々しく無防備な娘の風情へとたくみに転換されているのである。

ところで昼寝には単に怠惰だけではなく、昼間の男女の共寝を暗示する側面もあったようだ。昼寝の心地よさを口にしていた清少納言は、やはり『枕草子』の「すさまじきもの」や「見苦しきもの」として特定のカップルの昼寝をあげている。後者の例をあげておこう（第百五段）。

色黒うにくげなる女の、鬘（かづら）したると、鬚がちにかじけやせやせなる男、夏、昼寝したるこそ、いと見ぐるしけれ。……夏、昼寝して起きたるは、よき人こそ、いますこしをかしかなれ、えせかたちは、つやめき寝腫れて、ようせずは頬ゆがみもしぬべし。かたみにうち見かはしたらん程の、生けるかひなさや。

（色が黒く醜くて鬘を付けた女と、髭もじゃで元気がなくガリガリに痩せた男が、夏の昼間に同衾しているのはほんとうに見苦しい！……夏に昼寝して起きた後の姿は、上流の人なら少しは風情もあろうけど、醜い容貌は脂が浮いて腫れぼったくなり、顔が歪んでいたりもする。相手の顔を見交わしたときなどは、生きているかいがなくなるというものだわ。）

昼間の同衾は、闇が何もかもを覆い隠してくれる夜とは違い、無邪気な姫君の昼寝とくらべるとはなはだ見苦しいことは想像されよう。同じように赤らんだ顔も、視点が異なれば美と醜に二分されるのである。

さて、こうした昼寝のイメージ以外にもう一つ付け加えるべきは、無防備なゆえに昼寝には常に危険がつきまとうということである。最後に、親の庇護のもとや安全な勤め先での昼寝とは異なる危険な昼寝の事例をあげておきたい。中世になるとおちおち昼寝もしていられないのだ。十二世紀の『今昔物語集』巻二九ノ四十「蛇、僧の昼寝の閛を見て呑み、婬を受けて死ぬる語」には、昼寝中に蛇に襲われた年若い僧の話が収められている（新大系本）。

ある妻子持ちの僧（半僧半俗だろう）が、師の僧のおともで近江の三井寺へ行ったときのことである。

> 夏比、昼間に眠たかりければ、広き房にて有ければ、人離れたる所に寄て、長押を枕にして寝にけり。……久しく寝たりける夢に、「美き女の若きが傍に来たると臥して、よくよく婚て婬を行じつ」と見て、急と驚き覚めたるに、傍を見れば、五尺許の蛇有り。愕てかさと起きて見れば、蛇、死にて口を開けて有り。
>
> （夏の頃で昼間眠たかったので、広い房だから見つかることはないだろうと人の来ない所に寄りかかって寝ていた。……熟睡の夢に、「若く美しい女がそばにきて横になり、彼女と交わって果てた」とみて、はっと目覚めると、かたわらには五尺ほどの蛇が口を開けて死んでいた。）

おぞましいことに、僧は夢の中で蛇と関係を持ったのだった。蛇は人間の精を受けてすでに死んでいたが、このことが人にばれれば後々悪評が立つと心配した僧に対し、『今昔物語集』の編者はこう言ってのける。

然れば、人離れたらむ所にて、独り昼寝は不可為ず。

眠っているときは誰しも無抵抗な状態であるから、至極当たり前の戒めであるが、この話の背後には昼寝とはエロティックな要素を含むのだという意識があったのかもしれない。中国六朝から中世のあけぼのの時代まで下ると、昼寝に対するまなざしも変化するということだろうか。夏の昼寝には、どうぞくれぐれもご注意を。

白昼堂々

一九八〇年代初頭、西洋と日本それぞれの中世史研究者四人が語り合った『中世の風景』上下巻(中公新書)が刊行された。阿部謹也、網野善彦、石井進、そして樺山紘一という、当時の最先端を走る錚々たるメンバーである。同書下巻の「音と時」という章は、中世人の時間感覚を知るうえできわめて示唆に富んでいるが、そこで網野善彦がこのような発言をしているのが注目される。

網野　もしかしたら犯罪の処罰は、夜と昼で扱いがちがうんじゃないかな。これは調べてみたら面白いんではないでしょうか。昼強盗という言葉があったように憶えてますが。

……強盗は夜やるものだという観念があったんじゃないですか。(笑)

同じ「強盗」と呼ぶ犯罪なのにおこなわれる時間帯によって罪科に差が生まれるのでは、という網野の指摘は興味深いが、これ以降、歴史学で「昼強盗」とただの「強盗」の違いを論じたものは見当たらないようである。本章では、いわば白昼堂々とおこなわれる犯罪であるらしい「昼強盗」の描かれ方を、古典文学のなかに探ってゆくことにしたい。

笠松宏至は『中世の罪と罰』で、「昼強盗」という言葉が明記された文献を紹介している。鎌倉時代の基本的な法律用語を初心者向きに説明、解釈した十四世紀初めの『沙汰未練書』である（新日本古典籍総合データベース、宮内庁書陵部本）。

検断沙汰トハ、謀叛、夜討、強盗、窃盗、山賊、海賊、殺害、刃傷、放火、打擲、蹂躙ヲミニシルナリ、蹂フムナリ、大袋、昼強盗 但追捕狼藉ハ所務也

「検断沙汰」とは刑事裁判の対象を指す用語である。「強盗」と「昼強盗」が併記されていることから、両者が異なる性質を有する犯罪と見なされていたのは明らかだ。なお、「昼強盗」の後に小書きで、「追捕狼藉（物品の収奪行為）がある場合は所務（民事裁判の対象）である」という但し書きが付けられているのは、同じく昼間に他人の財物を収奪する行為である「追捕狼藉」

と昼強盗とが法制度上区別されていることを示している。羽下徳彦「苅田狼藉考」によれば、「追捕狼藉」は奪取すべき権利を主張してこれをおこなうものであり、多くは年貢等の未納が奪取の理由であることが多かったという。この場合、収奪された財物を返還することによって訴訟の決着が付くので、民事裁判の対象とされた。ただし、鎌倉後期になると追捕狼藉も刑罰と見なされるようになってゆく。

さて、「昼強盗」については前掲書で笠松が次のように述べている通り、刑事と民事の境界的な犯罪だった可能性が高い。そして、「夜」ではなくあくまで「昼」におこなわれることがその境界性を生み出していると思われるのである。

それらは一般に、犯罪行為か民事訴訟にともなう自力救済か、その両者の境界的な行為である場合が多い。それは丁度「夜」の犯罪に対し、鎌倉幕府裁判の法書たる「沙汰未練書」が「昼強盗」は検断沙汰としながらも「ただし追捕狼藉は所務(民事)なり」と注をつける必要があったのと、同じ関係にあったのである。

古記録や古文書のデータベースを検索しても「昼強盗」の例は片手で数えられるほどの少な

さであり、どのような行為を「昼強盗」と称しているのかはわかりにくい。そこで、少し時間をさかのぼってみよう。「昼強盗」以前に「昼盗人」というよく似た表現が『今昔物語集』巻二十九ノ四「世に隠れたる人の聟と成りたる□語」(新大系本、□は欠字)に見出せる。親を亡くして生活が苦しくなった男が、ある女と結婚する。女は懐妊し、出産に男が付き添っていると、急に障子が引き開けられ、紅の着物で烏帽子も着けない怪しい出立ちの男が入ってきた。

奇異(あさまし)く怖しく思ひて、「此は昼盗人の入にたるにこそ有けれ」と思ひて、枕上なる太刀を取るままに、「彼れは何者ぞ。人や有る」と高やかに云へば、妻は引き被(かづき)て汗水に成て臥たり……「盗人の物取に入たるか、亦は殺しに来たる者かと思ひつるに、其の気色は無くてさめざめと哭(な)くを怪し」と思ふに、

(驚きあきれ、恐ろしく思った男は「これは昼盗人が侵入したにちがいない」と、枕上にあった太刀を取りながら「おまえは何者だ。誰かいないか」と声高く言うと、妻は夜具を引きかぶって汗水まみれになって臥している……「盗人が物取りに入ったか、または殺しに来た者かと思っていたら、さめざめと泣くのはどういうことだ」と思っていると、)

実は、侵入者はこの妻を男手一つで育てた父親だったが、何らかの反社会的立場で身過ぎ世過ぎしてきた自分が姿を現すと男が最後まで通ってくれるのは難しいと危ぶみ、自分の存在を明かさなかったのである。父親は所領の地券を聟に渡し、そのまま姿を消して再び現れることはなかったという。

「強盗は夜やるものだという観念があったんじゃないですか」という前掲の網野の言葉から推測すると、男が昼間の侵入者を「昼盗人」と呼んで恐慌に陥っている様子は、常識ではあってはならないこと、想像の埒外の事態に遭遇したことを意味すると思われる。人目がない夜の盗人は当たり前のことで、語弊があるかもしれないが、被害にあっても仕方ないと納得されたのではないだろうか。だから、人が活動する昼間の盗人は共同体の「掟破り」だという意識があって、ことさらに「昼」という語を付け加えたのだろう。

中世前期に「昼盗人」と呼ばれた行為は、中世後期になると「昼強盗」へと変じていく。これは、『沙汰未練書』のような公の法制書に使用された用語が、次第に一般的な語へと浸透し拡散していった結果だと思われる。たとえば「御成敗式目」が、「式目は書写して各国の守護に配布され、守護から国内の地頭御家人に伝達され、多くの人が内容を熟知していた」(『国史大辞典』)とされるのと似た拡散の仕方があったと考えることもできる。

狂言「長光(ながみつ)」(新大系本『狂言記』)には、田舎者とすり(すっぱ)が太刀を奪う、奪わないと口論する場面に「昼強盗」が現れる。

田舎者「これはいかな事、人の取り縄を、おのれが腰へ結い付けて、人の太刀に手をかくるとは、大きひ盗人めぢや、昼強盗、出会へ出会へ」

すり「人のはいておる太刀を、抜いて盗らふとする、昼強盗よ、出会へ出会へ」

これも白昼堂々と盗みを働くことの理不尽さを強調するために使われた表現と見られる。なお、狂言には「太刀奪(たちばい)」や「盆山(ぼんさん)」などのように昼間と覚しき時間帯の盗みを描く曲が多いが、それらが「昼強盗」と明記されないにせよ、中世後期に「犯罪の秩序」を侵すことへの非難と、それに遭遇してしまった顚末への興味が顕著になったあかしかもしれない。また、「乱世」とも「下剋上」ともいわれる世の中であったことも関係しているのではないだろうか。

「乱世」を描く『太平記』にも、「昼強盗」が一種の卑怯なおこないとされたことがうかがえる箇所がある。巻十二「兵部卿親王流刑事 付 驪姫事」(大系本)から引用しよう。後醍醐天皇に従って戦った殿法印良忠(とののほういんりょうちゅう)の手下が足利方に捕縛され処刑される場面である(なお、大系本が底本とした古活字本以外の諸本は、「昼強盗」ではなくただの「強盗」としており、これはこれで興味深い例である）。

去年の五月に官軍六波羅を責め落したりし刻、殿法印の手の者共、京中の土蔵共を打破て、財宝共を運び取ける間、狼藉を鎮めんがため、足利殿の方より是れ召捕て、二十余人六条河原に切ぞ懸ける。其高札に、「大塔宮の候人、殿法印良忠が手の者共、在々所々におい て昼強盗を致す間、誅するところ也」とぞ書かれたりける。

（昨年五月に官軍が六波羅探題を攻め落としたとき、殿法印良忠の手下たちが、京都じゅうの土蔵を破って財宝などを盗みだしたので、その狼藉を鎮めるために、足利側がこれらを召し捕って、二十人あまりを刑場である六条河原で処罰した。その遺骸をさらした高札には、「大塔宮護良親王に仕える良忠の手下どもが、あちこちで昼強盗をおこなったので、誅伐したのである」と書かれていた。）

市中合戦でしばしば起こる略奪は、本来の目的とは異なる卑劣な犯罪でもあるから、高札の言葉には見せしめの意味が含まれていると読むことができる。この殿法印良忠の手下がおこなった行為を理解するためには、十五世紀後半に一条兼良が政治について記した『樵談治要』

「足軽といふ者長く停止せらるべき事」（群書類従第二十七輯）が参考になるだろう。

> 昔より天下の乱るることは侍れど、足軽といふことは旧記などにもしるさざる名目也。……さもなき所々を打やぶり、或は火をかけて財宝を見さぐる事は。ひとへにひる強盗といふべし。かかるためしは先代未聞のこと也。是はしかしながら、武芸のすたるる所にかかる事は出来れり。名ある侍のたたかふべき所をかれらにぬきさせたるゆへなるべし。
> （昔から天下が乱れることはございますが、足軽というものは古い記録にも記述がないことです。何でもない所々を破却し、あるいは火をかけて財宝を探す行為は、ただ昼強盗というべきものです。こうしたことは、前代未聞の出来事です。しかしこれは、武芸がすたれたところに出来（しゅったい）するものです。名のある侍が闘うべきところを、足軽たちにまかせてしまったからでしょう。）

室町時代の「足軽」とは、合戦の場で敵地を略奪や放火して攪乱する軽装の者をいい、武士とは厳密に区別される。兼良の批判する「足軽」の行為は昼強盗に他ならず、「武芸」とはとうていいえない卑劣なおこないであるということになる。他にも、幸若（こうわか）の「烏帽子折（えぼしおり）」には、盗賊の首領である熊坂長範（くまさかちょうはん）の子どもたちがそれぞれ得意とする非道な技術が列挙されるが、そここにも「昼強盗」が見えている（新大系本『舞の本』）。

太郎は昼強盗が上手、次郎は忍びが上手、三郎は夜討が上手、四郎は馬をよく盗み候。五郎は、人をかどひ取つて、あの佐渡が島へ売つたるに、ちつ共子細が候はず。彼奴ばらは、一期過ぎうずる能を、皆持つて候。

（うちの長男は昼強盗が得意で、次男は忍び、三男は夜討ち、四男は馬を盗むのがうまい。五男坊は人を誘拐してあの佐渡島へ売り払う。やつらはみなかように生きてゆく技能を持っておりまする。）

長男から五男まで、いずれもおおっぴらに反社会的な犯罪で世を渡っているが、それは、身分や立場をおのれの力ひとつでひっくり返すことが可能な中世後期という時代を反映してもいる。「昼強盗」という言葉の定着は、武士も貴族も僧侶も庶民も、貴賤みな群衆（くんじゅ）し入り乱れて生きようとする世相を物語っているのである。

最後に、「昼強盗」の例をもう一つ付け加えておきたい。御伽草子「ささやき竹」は、ある姫に懸想（けそう）した鞍馬寺の老僧の西光坊（さいこうぼう）が、夢のお告げを騙って女人禁制の鞍馬山へ姫を連れてくるように仕向ける物語である（新大系本『室町物語集 上』）。ところが、長櫃に入れられて運ばれる姫を救出した関白が代わりに牛を入れておいたので、到着した長櫃を開けてみると「姫が牛になってしまった」と西光坊は大騒ぎする。その騒動を聞きつけて近隣の山法師たちは次々と鞍馬へやってくるのである。

事の子細を尋ねければ、始めの程は口々にて、いや、昼強盗の入たると言ふ者もあり、又、西光坊のわづらひにて皆々とぶらひに集まりたると言ふ者もあり、思ひ思ひ、口々にて、さらにまことの事は知る者なし。

（何が起こったのかとたずねてみると、はじめは口々に「昼強盗が入った」と言う者もあり、また、「西光坊が病気になってみんながお見舞いに集まったのだ」と言う者もあり、思い思いに勝手なことばかり言って、本当のことは誰も知らないのだった。）

この後、叡山横川(よかわ)の悪僧によって戦闘が引き起こされ、皆が泣きわめきながら逃げ惑う事態にいたってしまう。昼強盗が寺院まで狙うのが珍しいことではなくなったという世相を反映しているうえ、それに乗じて僧兵を駆使する輩がいるようなご時世にこの御伽草子が生まれたことがうかがえる。佐竹昭広が『下剋上の文学』で描き出したように、御伽草子は実社会と連動して生成される物語であり、それゆえに人々に愛読されてきたのである。

「昼強盗」とは記されないが、御伽草子には「強盗鬼神（ごうとうきじん）」と題された物語もある。みなが極楽へ行く世の中になり、地獄には罪人がいなくなって鬼たちは飢えに苦しみ、ついには犯罪に手を出してしまうのである（『室町時代物語大成』第四巻）。

かかりしほどに、鬼の強盗、はやり出て、三津（三途）川より、海につづきては、海賊あり、死出の山には、山賊あり、六道の辻には、辻斬りあり、賽の河原には追い剝ぎをして、けしからぬ、さはぎなり。

（そうこうしているうちに、鬼の強盗が流行り、三途の川から海に続く場所では海賊が、死出の山には山賊が出るようになった。六道の辻には辻斬りが、賽の河原には追い剝ぎが現れ、ろくでもない騒ぎである。）

地獄の鬼たちですら、生きてゆくためには手段を選ばないのである。ましてや弱い人間にとっては、暴力で人の物を奪い取ることが非道ながらも生きてゆく方法と考えられていたのだ。力のある者がのし上がってゆく時代にこそ、「昼強盗」という言葉は活きていたのだといえよう。

あのひとの・ひる

通り過ぎる男

午前中に勤めを終えた貴族たちは、朝食を摂るために自宅へ帰ってくる。それが午時、午前十一時から午後一時の間である。朝食には遅い感じがするが、すでに触れたように、早朝に粥などで小腹を満たしていることが多いので、現代人の感覚に照らせば平安時代の朝食は昼食にあたるだろう。午後からは一カ月に約二十日の割合で宿直が控えているので、朝食の後再び勤務に戻ることもあったようだ(日向一雅「源氏物語と平安貴族の生活と文化についての研究——貴族の一日の生活について」)。

宿直のない日は、自宅や妻の家で時間を過ごすことになる。「妻の家」というのは当時が通い婚だからだが、もちろん「妻」は複数いることがほとんどなので、どの妻のもとに、あるいは恋人のもとに「帰る」のかは男性の胸先三寸である。手軽な通信手段がない時代にそんな男たちを待つのは、落ち着かないことだったろう。ということで、ある貴族とその妻の昼の風景をご紹介する。

「あのひとの・あさ」に登場した藤原師輔の三男に、兼家（九二九〜九九〇）という公卿がいる。彼は時姫という正妻のほかに複数の妻、さらに複数の恋人（「妾」）を持っていたが、その妻の一人が『蜻蛉日記』を書いたことで知られる道綱母（藤原倫寧の女。?〜九九五）である。兼家は摂政として政治手腕を発揮し藤原北家の地位を安泰させた人物だが、藤原道長の父と言った方がわかりやすいかもしれない。花山天皇を退位させ娘の産んだ一条天皇の即位を果たし、藤原氏の摂関政治を盤石のものとした。

ただし、道綱母が『蜻蛉日記』を書いたことによってそのプライベートな側面もよく知られるようになった。『蜻蛉日記』には、兼家の求婚に始まりその心が離れて行くまでの時間が、道綱母自身の感情を交えてせつせつと語られている（あくまでフィクションとしての感情の記述ではあるが）。

なかでも、具体的な時刻が示された「昼の風景」は印象的である。兼家がやってくるのを待ち続ける道綱母の心情が、直接的な表現をともなって読者に迫ってくる。時に、天禄二年（九七二）の正月。兼家四十三歳、道綱母三十六歳くらいである（角川ソフィア文庫）。

さて、年ごろ思へば、などにかあらむ、ついたちの日は見えずして、やむ世なかりき。「さもや」と思ふ心づかひせらる。未(ひつじ)の時ばかりに、さき追ひののしる。「そそ」など人も騒ぐほどに、ふと引き過ぎぬ。「急ぐにこそは」と思ひ返しつれど、夜もさてやみぬ。

(さて、ここ数年の間、どうしたわけか、元日にあの人が来ないままの時はありませんでした。「もしかして」と今日もつい期待してしまいます。午後二時ごろ、先払いの声がします。「ほらほら、来られましたよ」と侍女たちが騒いでいる間に、ふと車は通り過ぎてしまいました。「何か急いでいるのだわ」と気を取り直したけれど、夜になってもそれっきりでした。)

道綱母がこのようにやきもきして兼家の訪れを待っているのには、訳がある。この前年である天禄元年六月に、兼家の来訪が途絶えたことがあったからだ。

かくて数ふれば、夜見ることは三十余日、昼見ることは四十余日になりにけり。

(こうして数えてみると、あの人を夜見てから三十日あまり、昼見てからは四十日あまりたってしまった。)

「夜見る」以下を「夜見ぬこと」「昼見ぬこと」とする説もあるが、どちらにしても長い途絶である。道綱母のいらだちは単なる愛情の問題ではなく、定期的かつ頻繁に夫が訪れてくることが妻としての立場の安定を意味するからだ。しかもこの頃から、兼家は新たな女性との関係を始めていたらしい。事情を知るらしい侍女が、亡くなった小野宮実頼（おののみやのさねより）の召人（めしうど）（主人と関係のある使用人で、妻や妾にはカウントしない）で「近江」という女性のことを示唆したのである。それを耳にした道綱母は、不安定な自分を持て余すようになっていく。兼家は時折ちらりと姿を見せることはあるものの、道綱母は許せない気持ちを隠しきれず、夫に対して不機嫌に当たることがあった。これは、そんなすれ違いが続いた翌年の元日の出来事だったのである。

道綱母は、翌朝に届けられた兼家の手紙に不愉快になり、皮肉を込めた返事を書いてしまう。

つとめて、ここに縫ふものども取りがてら、「昨日の前渡りは日の暮れにし」などあり。いと返りごとせま憂けれど、「なほ年のはじめに腹立ちなそめそ」など言へば、少しはくねりて書きつ。

（翌日、こちらに縫い物を取りに、使いをよこしたついでに、「昨日の素通りは、日が暮れてしまったのでね」などと言ってきます。とても返事などしたくない気分だったけれど、「やっぱり年のはじめから腹を立ててはいけませんよ」などと侍女が言うものだから、少し皮肉を込めて返事を書きました。）

こんなことがあっても、兼家は再び「素通り事件」を出来させ、道綱母を悲嘆の淵に突き落とすのだった。

四日、また申の時に、一日よりもけにののしりて来るを、「おはします、おはします」と言ひ続くるを、「一日のやうにもこそあれ、かたはらいたし」と思ひつつ、さすがに胸はしりするを、近くなれば、ここなる男ども中門おし開きてひざまづきてをるに、むべもなく引き過ぎぬ。今日まして思ふ心おしはからなむ。

（四日、また午後四時ごろに、先日よりもいっそう声高に先払いをしてにぎやかに来るのを侍女たちが「いらっしゃいます、いらっしゃいます」と言い続けます。「先日のように素通りかもしれないわ。みっともない」と思いながらも、その一方では胸がどきどきしていました。車が近くなったので、こちらの召使いの男たちが中門を開いて跪いて待っているのに、やはりあの人の車は行き過ぎてしまったのです。前にもまして今日のつらい気持ちをお察しください。）

二度あることは三度あるというが、この後さらに「大饗（だいきょう）」という正月の宴会の後も兼家は素通りをして行き、道綱母は結局、翌朝の手紙に返事をしなかった。兼家は「私の思いやりが足りないのはわかっているけれど、とても忙しい時期なのでね」という手紙を寄越すが、道綱母は依然として返事をすることはなかったのである。この出来事がきっかけとなって、道綱母の心は深く内側に向けて閉じられていくことになった。

多くの貴族女性の家で、こうした「待ちぼうけ」は繰り返されていたことだろう。和歌の世界では、「男性の訪れを待つ女性」の心情が定型として詠まれるが、それはある程度実情を反映したものだったのかもしれない。道綱母が「嫉妬深い」などと評されることはしばしばあり、紹介した記事もその一例とされることがあるが、『蜻蛉日記』は自己の内面を描く近代的な意味の日記ではなく、あくまで事実に基づくフィクションだと考えるべきだろう。道綱母はみずからの感情や心情を、虚実の皮膜のあわいに巧妙に織り込み、一篇の作品を作り上げたのである。この昼間の出来事もまた、慣れ親しんだ夫婦の心が離れてゆくふとした瞬間をたくみに描き出しているのだ。

III ゆう

夕日を観る

『源氏物語』「夕顔」の巻で、うら若い光源氏は垣根に白く咲いた夕顔の花に誘われるように、ひっそりと住む女性、その名も夕顔を見そめた。あるとき源氏は、彼女を廃院に連れ出して二人きりの一夜を過ごそうとする。次に引くのは、二人が「なにがしの院」でくつろぐ場面である(新全集本)。

たとしへなく静かなる夕の空をながめたまひて、奥の方は暗うものむつかしと、女は思ひたれば、端の簾を上げて添ひ臥したまへり。夕映えを見かはして、女もかかるありさまを思ひの外にあやしき心地はしながら、

(源氏はまたとなく静かな夕べの空を眺めておられ、奥の方は暗くてなんとなく気味が悪いと夕顔は思っているので、簀(す)の子の簾をあげて横になっている。夕暮れのほのかな明るさに浮き上がる顔を

互いに見交わして、夕顔はこのようなありさまを思ったより不思議に思いながら、）

源氏と夕顔は暮れゆく夕方の風情を愉しみながら、ほの明るい光にいっそう美しく映えるお互いの顔を見交わしているのだが、ここで気になるのは「夕映え」という言葉である。現代では「映える」という読みで使われることが多いので、何となく意味は推測されよう。『日本国語大辞典』によると、「夕映え」は以下のように説明されている。

あたりが薄暗くなる夕方頃、かえって物の色などがくっきりと美しく見えること。

これを読んで、一瞬とまどった方もいるのではないだろうか。夕方の光といえば、たいていは夕日や夕焼けの橙色が思い浮かぶからである。こちらの意味は『日本国語大辞典』にも、

夕日の光をうけて美しくはえること。夕焼け。

と記載されてはいるものの、挙げられた用例は近世以降のものばかりであり、『源氏物語』の

「夕映え」には該当しないことが明らかである。光源氏と夕顔の顔は夕闇の薄紫色に白く浮かび上がっているのであり、オレンジの夕日に照り映えているわけではないのだ。

「夕映え」の情景で語り出されることで知られる『狭衣物語（さごろもものがたり）』冒頭部も同じである（新潮日本古典集成本）。平安時代の夕暮れは、私たちが思い浮かべるような夕焼けの色をしていないのだ。「夕焼け」という言葉そのものも、近世まで見出すことができない。

御前の木立何となく青みわたりて木暗きなかに、中島の藤は、松にとのみ思はず咲きかかりて、山ほととぎす待ち顔なるに、池の水際（みぎは）の八重山吹は、井手のわたりにことならず見渡さるる夕映えのをかしさを、ひとり見たまふも飽かねば、

（御前の木立は何となく青っぽく暗いなかに、邸宅の池の中島の藤は松にまつわってほととぎすを待つかのように咲き誇り、水際の八重山吹は、有名な山城井手（やましろいで）のあたりに劣らず夕暮れの光に映えて美しく咲いているのを、狭衣中将は一人御覧になって見飽きることがなく、）

では、夕日の特徴であるオレンジ色の空を愛でたり、夕日そのものを眺めたりする習慣は、いったいいつごろ生まれたものだろうか。

「夕日」という言葉じたいは、『枕草子』冒頭のあまりに有名な段に見出せる。『枕草子』の章段配列は諸本によって異なっているが、これが第一段に置かれるのは共通している。四季のうち、「夕日」は秋を語る箇所に登場する（新大系本）。

秋は夕暮。夕日のさして、山の端いと近うなりたるに、烏の、寝所へゆくとて、三つ四つ、二つ三つなど、飛び急ぐさへあはれなり。

「山の端〔稜線〕いと近う」とあるので、『枕草子』の視点は明らかに沈みゆく夕日に当てられているが、夕日が染めている空の色についての言及はなされていない。ちなみに、「夕日のさして」という箇所が能因本では「夕日華やかにさして」、前田家本では「夕日のきはやかにさして」となっており、後代の書き換えである可能性は否定できないものの、それらの表現から推測すると、『源氏物語』や『狭衣物語』の「夕映え」のような薄闇に物のかたちが映えまさる姿よりも、現代人が思い浮かべる赤々とした夕日に近いようだ。

ただ、『枕草子』に描かれた夕日はたちまちのうちに「山の端」に隠れてしまうので、地上から太陽が姿を消す直前に見せる、まるで熟柿のようにぼってりとした夕日とは少し異なる。

京都は山に囲まれた盆地であり、日が沈む西の方角も山に遮られているからだ。こうした都人の感覚が実感できる和歌を、紀貫之が詠んでいる(『後撰和歌集』『新編国歌大観』一三五五)。

都にて山の端に見し月なれど海より出でて海にこそ入れ
(都では山の端に沈む月だが、航海中は海から出て海に沈むのだなあ)

貫之は、『土佐日記』で知られるように海路で京都の外に出た経験のある人だから、この歌は実体験に近いと思われる。都とは違って月が海から出て海へ沈む、というのだから、東も西も海に囲まれた船旅での歌なのだ。太陽ではなく月のことではあるが、周囲に山がないことへの新鮮な驚きが伝わってくる。

さて、先の『枕草子』で改めて注意したいのは、当然のようだが、夕日は西に沈むということである。古人の感覚に鑑みれば、西という方角はすなわち西方極楽浄土を意味している。とすると、西の夕日を「見る」という行為には、また別の意識が宿るはずである。中世の和歌では、夕日に極楽浄土を観じていると見られるものが登場してくる。最後の勅撰集である『新続古今和歌集』から引用しよう。鎌倉後期の北畠具行(きたばたけともゆき)の詠(えい)である(『新編国歌大観』八六一)。

山の端の入日をいかでかへしけんわれだに西にいそぐ心を
(山の端に入る夕日をどうして呼びかえすことがあろうか。私さえ極楽浄土を求めて西へ心が急ぐというのに)

平安時代には注目されることの少なかった夕日は、このように中世になって浄土信仰と結びつき急激にクローズアップされることになる。その背景には、西に沈む夕日を心の中に思い描くことで極楽浄土を観想する「日想観」という修行の浸透があると考えられる。日想観は、浄土三部経の一つである『観無量寿経』に記された観想の方法で、その概要は次のようなものだ(『浄土三部経　下　観無量寿経・阿弥陀経』の現代語訳による)。

みな衆生は、一心に西方を想念すべきである。そもそも西方浄土の様子を心に思うためには、目の見える者はみな日没を見よ。

『観無量寿経』に説かれた十六の観想法を絵画化したものが、奈良県の当麻寺に伝わる「当麻曼荼羅」である（図5参照）。一般的に日想観では実際に西の入り日を眺めることで浄土を眼前に観ようとしたが、その中心となったのは海に向かってひらけた難波の地、ことに天王寺（現在は四天王寺だが歴史的資料に基づき本章はこう表記する）の西門であった。大阪市天王寺区に現在も残る「夕陽丘」という地名がこれに由来するのは、『日本歴史地名大系』に次のように解説されている通りである。

> 上町(うえまち)台地に位置して西側が急傾斜の崖をなし、昔は海が入込んでいたためこの地から難波の海を一望することができた。平安末期に浄土信仰が広まり、四天王寺の西門付近は落日から西方浄土を憶念する日想観を修する地として注目され多くの人々が参集した。

図5 「当麻曼荼羅」に描かれた日想観

今では天王寺が海に面していたとはとうてい想像できないくらい建物が密集する都市部であるが、国土地理院の標高図を参照すると天王寺が建つ上町台地とその西の平地との間には約十メートルに及ぶ高低差が存在し、たしかに西は海であった形跡がうかがえるのである。そのさまを、中沢新一は『大阪アースダイバー』でこう記している。

当時の大阪のもっとも重要な聖地は、四天王寺であったから、この寺に詣でた人たちは、夕暮れ時ともなれば、崖下に打ち寄せる波の向こうの海に没していく太陽の、息を呑むほどに美しい姿を眺めることができたはずである。

春分と秋分の日には、天王寺の西門の真ん中に夕日が落ちるさまを見ることができ、現在でも日想観に基づいた寺の行事をおこなっている。西門は珍しい石造りの鳥居で、その扁額(へんがく)には、

釈迦如来転法輪処当極楽土東門中心

(釈迦如来転法輪(てんぽうりん)の所、極楽土の東門の中心に当たれり)

と書かれている。これを踏まえて、『梁塵秘抄(りょうじんひしょう)』の今様(いまよう)にはこう歌われている(一七六、新大系本)。

極楽浄土の東門は、難波の海にぞ対(むか)へたる、転法輪所の西門に、念仏する人参れとて

扁額の文言は「天王寺の西門は、すなわち極楽の東門に相当する」と読めるが、植木朝子が指摘するように、天王寺の西門と極楽の東門が同じだというのではなく、西門が難波の海を挟んで極楽東門と向かい合っていると理解してよかろう(「四天王寺西門信仰と今様――『梁塵秘抄』一七六番歌をめぐって」)。夕日はここにおいて美的鑑賞の対象としてではなく、信仰の対象として「観る」ものとなったのである。

古来、天王寺を訪れる貴人は難波の海辺に足を運んで日想観をおこなった。たとえば、一条天皇の中宮彰子(あきこ)もその一人であり、『栄華物語』巻三十一「殿上の花見」はその様子を次のように伝えている(新全集本)。

岸のまにまに並み立てる松も、千年(ちとせ)までかかることを波風静かに吹き伝へたてまつらなんとおぼゆ。酉(とり)の時ばかりに、天王寺の西の大門に御車とどめて、浪の際なきに西日の入りゆくをりしも、拝ませたまふ。

図6　秋里籬島『摂津名所図会』巻二「家隆塚」(画面左上)

(岸のあちこちに並び立っている松も、千年の後まで このような盛大な参詣を、波風静かに吹き伝え申しあげてほしいと思われる。午後五時から七時頃に、天王寺の西の大門に御車を止めて、水平線の彼方に西日が沈んでいく、ちょうどその頃合いで拝みあそばす。)

ただひたすら日想観に専念するため、出家して難波に庵を結んだ人物すらいる。藤原定家のよきライバルであり、後鳥羽院に寵愛された歌人の藤原家隆(ふじわらのいえたか)である。天王寺の西、現在の一心寺(いっしんじ)に当たる地が彼の庵跡と伝えられ、吉田東伍は『大日本地名辞書』で「夕陽丘」の地名を「家隆卿夕陽庵の跡あるを以て此称起る」としている(図6参照)。ただし同時代の資料に「夕陽庵」の名は見えていない。

家隆の浄土希求ぶりは、その和歌からもうかがえる。『古今著聞集(ここんちょもんじゅう)』巻第十三「壬生二位家隆、七首の和歌を詠じて往生の事、並びに侍従隆祐詠歌の事」は、家隆出家の経緯を七首の和歌とともに語る(新潮日本古典集成本)。

従二位家隆卿は、わかくより後世(ごせ)のつとめなかりけるが、嘉禎二年十二月二十三日、病にをかされて出家、七十九にぞなられける。やがて天王寺へ下りて、次の年或る人の教へによりて俄(には)かに弥陀の本願に帰して、他事なく念仏を申されけり。四月八日、宿執(しゆくしふ)や催されけん、七首の和歌を詠ぜられける。

契(ちぎ)りあれば難波の里にやどりきて浪の入り日ををがみつる哉

……かくて九日、かねてその期(ご)を知りて酉の刻に端座合掌して終られにけり。本尊をも安置せざりけり。「ただ今生身(しやうじん)の仏、来迎し給はんずれば、本尊よしなし」とぞいはれける。さていただきあらひて、よきむしろなどしかせられける。

(藤原家隆卿は、若い頃から極楽往生を願う修行をおこなって来なかったが、嘉禎二年〈一二三六〉十二月二十三日、七十九歳のとき病気になって出家した。そのまま天王寺へ行き、翌年ある人の教えに従ってにわかに阿弥陀如来に帰依し、念仏に専念した。四月八日、思うところがあったのか七首の和歌を詠んだ。

人々を救うという阿弥陀の誓願を信じて難波に住まい、極楽浄土を願って海に入る夕日を拝むことだ
……そうして九日には、かねて覚悟していたとおり、午後五時から七時頃に合掌しながら座ったままお亡くなりになった。本尊も安置することなく、「ただ今、生身の阿弥陀如来が来迎されるので、本尊は不要だ」とおっしゃったからだ。そして、頭頂を水で清め、きれいなむしろなどを敷かせて往生なさったのである。）

七首の和歌のうち日想観への思いが強く感じられる一首のみ引用したが、夕日が「観る」ものというより「拝む」ものへと変化していることが見てとれる。日想観は、夕日へのまなざしを変えてしまったのだ。

家隆は後鳥羽院に重用されたため、西の方角を拝むことに隠岐の島へ配流された院への思慕を想定する説もあるが、天王寺での日想観が重要なモチーフとなっている謡曲「弱法師（よろぼし）」を見ると、浄土信仰との関わりを考えることはうがった見方ではないと思えてくる。盲目となった少年（弱法師）が彼岸の中日に天王寺で行き別れた父と再会する、というこの曲は、盲人が主人公であるがゆえに、「心の中で観る」という観想と深いつながりがある（日本古典文学全集）。

「ワキ」（父）　頃は如月時正（きさらぎじしやう）の日〔彼岸の中日〕。

「シテ」（弱法師）　げにげに日想観の時節なるべし。

「地謡」　今は入日や落ちかかるらん、日想観なれば曇りも波の、淡路絵島（えじま）、須磨明石、紀の海までも、見えたり見えたり。


弱法師は心の眼で日想観をしているが、そこには極楽浄土と重なりあって難波から見ることのできる西の風景が現出するのだ。まるで、家隆が日想観を通じて遥か隠岐の島を見はるかしたように。日想観はそれまで意識的におこなわれなかった夕日を「観る」という行為を呼び起こしたが、「弱法師」にうかがえるように、その先には信仰を超えた「海に開ける風景」の発見があったのかもしれない。難波の夕日は、山に囲まれた京都ではなしえなかった新たな別の視界を中世の人々に提供したということができるだろう。

彼は誰そ時

あやしいモノが出現し、奇怪なコトが起こる時間帯はいうまでもなく夜が多いが、夕暮れ時をはっきりと指し示す言葉をともなう場合も少なくない。昼から夜へと移り変わるトワイライトゾーンは、日の出から活動している人間に疲れが訪れる時間帯だ。判断力も鈍り、理性を感情が打ち負かす。加えて、前章で述べた「夕映え」のひと時が過ぎれば、だんだん暗くなってゆく乏しい光のなかでは視界も狭まり、見えているはずのものが見えず、見えないはずのものが目に入ったりもする。そうしたころあいを、かつては「彼は誰そ時(た)」と呼んだ。「かはたれどき」と言ったら、もっとわかりやすいだろうか。「あの人は誰」という意味なので、人の見分けがつきにくい時間帯だということでもある。よく似た表現に「たそがれどき」(「誰そ彼時」)もある。『万葉集』には「あかつきのかはたれどき」として、明け方のまだ薄暗いときを指す例が見える(『国歌大観』四三八四)。

暁のかはたれ時に島蔭を漕ぎにし船のたづき知らずも
（物の見分けがつかない明け方、島陰を漕いでいった船の手掛かりはわからないものだなあ）

しかし『万葉集』以降は、久保田淳が中世から近世の使用例を挙げて述べるように（『ことばの森——歌ことばおぼえ書』）、「かはたれどき」は「たそがれどき」と同じく夕暮れ時を指す言葉として使われるようになっていく。『今昔物語集』巻二十七は「本朝付霊鬼」というタイトルを持ち、その名のごとく怪異な出来事を語る説話が並ぶ巻であり、ここにも「彼は誰そ時」の怪異を語る話がいくつか見出せる。

『今昔物語集』同巻には、「冷泉院東の洞院の僧都殿の霊の語第四」と題された出典不明の不思議な話がある。今はもう昔のこと、京の都の冷泉院小路と東洞院大路が交わった箇所（現在の東洞院通夷川付近）は「僧都殿」と呼ばれるきわめて不吉な場所であった。怪異はここに植わっていた木に出来した（新大系本）。

向かひの僧都殿の戌亥の角には大きに高き榎の木ありけり、彼は誰そ時になければ、寝殿の前より赤き単衣（ひとへぎぬ）の飛びて、彼の戌亥の榎の木の方様（かたざま）に飛びて行きて、木の末になむ登りける。

（向かいの邸から僧都殿を見ると、西北角には大きく高い榎の木があった。「彼は誰そ時」になると、寝殿の前から赤い単衣がその榎の木のほうへ飛んで行き、木にとりついて上へ登っていった。）

夕暮れ時になると飛来する赤い単衣は特に人を害することがなかったが、見ていて気持ちがよいわけはない。そこで、僧都殿の向かいにある讃岐の守の邸に宿直（とのゐ）する侍が、「自分こそがあの単衣を射落としてやろう」と名乗りを上げた。

夕暮れ方に彼の僧都殿に行きて、南面なる簀の子にやはら上りて待ち居たりける程に、東の方に竹の少し生ひたりける中より、此の赤単、例の様にはへ飛びて渡りけるを、男雁胯（かりまた）を弓に番（つが）ひて強く引きて射たりければ、単衣の中を射貫くと思けるに、単衣は、箭（や）立ちながら同様に榎の木の末に登りにけり。其の箭の当りぬと見る所の土を見ければ、血多く泛（こぼれ）たりけり。

（男は夕暮れになると僧都殿に行き、おもむろに南面の簀の子に上がって待っていると、東の方の竹が少し生えている中から、この赤い単衣がいつものように長く伸びて飛んできたのを、弓につがえた雁胯を強く引いて射た。単衣の真ん中を射貫いたと思ったとたん、単衣は背中に矢を立てたままで同じように榎の木の尖端に登っていった。矢が当たったと思われるところの土を見ると、血がおびただしくこぼれていた。）

この後、矢を射た侍は夜寝ている間に突然死んでしまったという。まわりの者がおそれたように「赤単衣」の祟りだったのかどうかはわからないが、高名をあせって無意味なことをするものではない、と話は結ばれている。矢が当たったらしい「赤単衣」がどうなったのかも語られることはない。

どこからか正体不明のものが飛来する話としては、『宇治拾遺物語』巻十二ノ二十三「水無瀬殿の鼯(むささび)の事」に似てはいるが、こちらは、

ゆゆしく大なるむささびの、年古(ふ)り、毛なども禿げ、しぶとげなる

（気味悪いほど大きなむささびで、年を経て毛などもはげて図々しそうなもの）

であったことが最後に判明する点が異なっている（新大系本）。『今昔』の「赤単衣」の場合、矢で射られ血がこぼれたところを見ると、『宇治拾遺』と同じような年経た生き物が化けたものだったのだろうか。いやそもそも、「赤単衣」は何のために「彼は誰そ時」ごとに木に飛び移るのだろう。今までの注釈書や研究のなかに、こうした疑問に答えてくれるものは見当たらない。

直接的な出典とはいいがたいものの、この話と深い関わりがあると思われるものが中国の伝奇小説に存在している。しかも、そちらの話には「彼は誰そ時」といった時間帯を指し示す言葉が見られないのだ。散逸した『博異志』の逸文を収載する、『太平広記』巻三百五十七「薛淙」がそれである。少し長くなるが、比較のため今村与志雄訳『唐宋伝奇集 下』から引用しておこう。

薛淙は河北道のとある古い僧院で年老いた病気の僧に出会い、不思議な出来事に遭遇した話を聞く。

「わしが二十歳のときだった。本土から離れた辺境の国へ旅をするのが好きでな。薬を服用して五穀を食わず、北へ、居延に着いた。海から四、五十里のところだ。その日、明るくなったころ、わしが十数里行ってから、日が出かかった。突然、枯れた立ち木が見えた。高さが三百丈あまり、太さは数十囲あって、幹の中は空になっていた。わしは根の下から内部を窺いた。まっすぐ上へ、なかは明るく天に通じており、人が入れたね。さらに北へ、数里行った。遠くから女が一人、緋の裙を着、素足で二の腕までむき出したまま、頭髪はばらばらにふり乱して、走って来た。風のようにはやかった。次第に近づくと、女がこう言った。「生命を助けてくれる?」「どうしたんだ?」と聞きかえしたら、「あとから、人が追いかけて来るの。見なかったとだけ言ってくれたら、とってもありがたいわ」と返辞した。まもなく、そのまま、枯木の中に入っていった。」

僧は、黄金の衣を着て馬に乗る「天の使者」に出会い、緋の裙(赤いスカート)を着た女が人々に害をなす「飛天夜叉」であると聞かされる。

まもなく、枯木の所に着いた。わしは戻って見物した。天の使者は、馬から下り、木に入り、様子をうかがった。ふたたび馬に乗るや、空に駆けのぼり、木の周囲をまわりながら上っていった。人馬が木の半分ぐらいまで行ったとき、木の上から、緋色の点が走り出るのが見えた。人と馬がそれを追いかけ、七、八丈ばかり去って、次第に高空に入り、紺碧の空の中に没した。しばらくたってから、三、四十滴、血が落ちてきた。多分、すでに矢にあたっていたのだろうと思う。

『今昔』とは場所、状況ともにまったく異なるが、高い木に赤い衣服を着た者が登ってゆくところ(原文は「見木上一緋点走出」)や、血が落ちてきたから矢が当たったのだろうと判断するところ(「雨三数十点血、意己為中矢矣」)など、細かな部分が奇妙に似ているのである。『太平広記』は十世紀末に宋の太宗の命によって編纂された類書(百科辞書)で、数回に分けて日本にも入ってきていることがわかっているが、『今昔』の作者がこの話を直接目にしたとは考えにくい。もし見ていたとしたら、「赤単衣」の正体について何も言及がないのが気になるのである。

また、『今昔』の話末は「蛮勇を見せようとして無駄な死に方をしてはいけない」(「由なく猛き心を見えむとて死ぬる、極て益なき事なり」)と結ばれているので、怪異譚を記すことよりもそれに対処する人のありようを語るのが主眼と思われ、『太平広記』とは目指す方向が異なっている。ただ、『太平広記』のこの話が何か別のものを媒介として『今昔』作者の目に入ったと推測することは可能だ。細部の類似から、その媒介物は口づたえではなく、おそらく何か書かれたものだったと思われる。

さて、先に指摘しておいたように、『今昔』と『太平広記』の話をくらべたとき、『今昔』が怪異出現の時間帯を「彼は誰そ時」、そして、「夕暮れ」と二回にわたって明らかに記していることが注目される。『太平広記』をかりに遠い出典と見なせば、『今昔』作者が時間を示す表現をあえて付け足したと考えられるからだ。そこには、新大系本の脚注が「彼は誰そ時」に「霊鬼が活動を始める時間帯」と注するように、夕暮れ時が魔に出逢うころとして強く意識されていた背景があったのである。

かつて書いたように、『今昔物語集』には、『日本霊異記』などその出典と見なされる文献と比較すると、出典にはない「夕暮れ時」を意味する時間帯の表現が付け加えられている例が見出される（「夕暮の都市に何かが起きる」）。そうした現象は、怪しいモノが出現したり怪しいコトが起こったりする話に多く見られるので、「夕暮れ時」という特定の時間帯に怪異が起こりやすいことを意識させるためと考えられるが、これもその一例に加えられよう。

平岡敏夫は『〈夕暮れ〉の文学史』で、芥川龍之介の小説に「夕暮れ」が頻出することをはじめとして、古典から近現代文学における「夕暮れ」について論じている。

〔万葉集や平安朝の〕そのはるか以前から、〈夕暮れ〉に人々は、ある種の感情、情趣を覚えていた。その感情ははるか後代の今日にまで受け継がれ、柳田国男はそれを「一種の伝統的不安」と呼んだ。

こうした人間の根源的な不安をかき立てる時間帯として、『今昔』は意識的に「夕暮れ」や「彼は誰そ時」という表現を文中に組み込んだのである。

唐突ながら、この「飛来するもの」の話を読むとき思い出されるのは、泉鏡花の『照葉狂言』に登場する「野衾（のぶすま）」である（図7参照）。主人公の少年は、人をさらいにやってくるという野衾に恐怖を覚えているが、それは成長期の少年が抱く甘美な幻想をも含んだおそれでもあった（『鏡花全集』

図7　鳥山石燕『今昔画図続百鬼』「のぶすま」

第二巻)。

その翼広げたる大きさは鳶に較(たぐ)ふべし。野衾と云ふは蝙蝠(かうもり)の百歳(ももとせ)を経たるなり。……初夜すぎてのちともすればその翼もて人の面(おもて)を蔽(おほ)ふことあり。柔かに冷き風呂敷のごときもの口に蓋するよと見れば、胸の血を吸はるるとか。

この、いずこからともなく飛来するものと紅の血がしたたる鮮烈な印象(イメージ)は、どこかで『今昔』とつながっているように思えてならない。野衾がやって来る「初夜」とは、「暁は救済のとき」の章でも触れたように一昼夜を六分する仏教用語で、午後六時から九時ころを指している。「彼は誰そ時」は十八世紀初めの辞書である『書言字考節用集(しょげんじこうせつようしゅう)』に、

黄昏 戌刻也　誰問　彼時 俗字

とあるように、戌の刻すなわち午後七時から九時頃にあたり、『今昔』と『照葉狂言』はほぼ同じ時間帯を指しているのだ。『今昔』に親しんでいたらしい鏡花がこの話を知っていても不

思議ではないが（竹村信治「説話体作家の登場――物語としての」）、そうした事実を超えて、夕暮れ時に飛来するあやしいものの影は、いつの世にも私たちの心の奥底に潜んだ根源的な不安を呼び覚まし、ゆり動かすのである。

夕べは白骨となる

「秋の夕暮れ」といえば定家、西行、寂蓮の「三夕の歌」が有名だが、こちらの歌もまたすてがたい印象を残すものだ。

秋はなほ夕まぐれこそただならね荻の上風萩の下露

「ただならね」という和歌には珍しい表現が目をひくうえ、漢文調の「荻の上風」、和歌で好まれる「萩の下露」の二つを並べた技巧に舌を巻く（田中幹子「秋はなほ夕まぐれこそただならね荻の上風萩の下露――和漢朗詠集の秋の夕（秋興・秋晩）について」）。これを詠んだのは、その美麗な容姿と才能をたたえられた平安中期の歌人、藤原義孝である。一条摂政と呼ばれる権力者の藤原伊尹を父に持ち、将来を嘱望された彼は、当時の流行病である疱瘡でこの世を去った。時に、二十一歳。後に「三蹟」として名を上げる藤原行成はその遺児である。
この歌は義孝の私家歌集である『義孝集』に「秋の夕暮れ」という詞書で収録されているが、十一世紀に藤原公任によって編纂された、貴族たち必携の書物、『和漢朗詠集』に採られたことで広く知られるようになった。『和漢朗詠集』にはもう一つ、義孝の作と伝えられる漢詩の一部が載せられている（角川ソフィア文庫）。

朝に紅顔あつて世路に誇れども　暮には白骨となつて郊原に朽ちぬ
（朝には若々しい顔を世の中に誇っているが、夕暮れには白骨と化して野原で朽ちてしまう）

「無常」の部に分類されるのにふさわしい内容の一句だが、『和漢朗詠集』諸本には作者として「藤原義孝」の名が記されてはいるものの、実はこれが義孝の真作であると確かめることは難しいのである。義孝は漢詩集を残しておらず、他の資料にもこれを義孝作とする根拠は見出せない。目崎徳衛はこれについて、「義孝の夭折をあわれむ何者かによって作られた仮托の作かも知れない」と述べている（「総論――無常と美のパラドクス」）。
しかし、この一句は後代さまざまなところで引用されていく。最も有名なのは、蓮如の

「御文章」だろう。浄土真宗に触れたことがある人なら、どこかで一度は耳にしたことがあるはずだ（「御文（御文章）」日本思想大系『蓮如　一向一揆』）。

一生過ぎ易し。……我や先、人や先、今日とも知らず、明日とも知らず。をくれ先だつ人は、本の雫、末の露よりも繁しといへり。されば朝には紅顔ありて、夕には白骨となれる身なり。すでに無常の風来りぬれば、すなはち二つの眼、たちまちに閉ぢ、一つの息ながく絶えぬれば、紅顔むなしく変じて、桃李の装ひを失ひぬるときは、六親、眷属集まりて嘆き悲しめども更にその甲斐あるべからず。さてしもあるべき事ならねばとて、野外に送りて夜半の煙となし果てぬれば、ただ白骨のみぞ残れり。

（人間の一生はたちまち過ぎゆく……自分が先に逝くか、それとも他人が先か、今日か明日かもわからない。亡き人を見送る人、先に亡くなる人は、草木の根元から落ちる雫や葉末の露よりも数多いものだ。そうだから、朝には元気な姿であっても、夕には死んで白骨となる身なのだ。すでに無常の風が吹いてきて、二つの目が閉じ、息が永劫に絶えると、生き生きしていた顔もむなしく変化してゆき、華々しい姿を失ったときは、親族たちが集まって嘆き悲しんでもまったくそのかいはない。そうして、野外に送り火葬して夜の煙となったら、ただ白骨だけが残るのである。）

人は誰でもいつかは死ぬ。それは、「変化しないものはない」という「無常」のおきてなのである。「朝に紅顔」の一句は、それを端的に表している。だが、「御文章」以外にも多くの文献に引用されて人口に膾炙しているこの句は、なぜ義孝の作と仮託されたのだろうか。

その理由としてただちにあげられるのは、義孝が「夕まぐれ」の名歌を詠んでいることに加えて、まさに「朝に紅顔」と称するべき亡くなり方をしていることである。義孝には年齢の近い兄の挙賢(たかかた)がおり、ともに少将をつとめていたが、ふたりはまったく同じ日の朝と夕に亡くなっているのである。それゆえに、挙賢を「朝少将」や「前少将」、義孝を「夕少将」や「後少将」と呼ぶことがあった。『大鏡』「太政大臣伊尹　謙徳公」から、その箇所を引用しよう（新全集本）。

男君達は、代明(よりあきら)親王の御女の腹に、前少将挙賢・後少将義孝とて、花を折りたまひし君達の、殿うせたまひて、三年ばかりありて、天延二年甲戌(きのえいぬ)の年、皰瘡(もがさ)おこりたるに患(わづら)ひたまひて、前少将は、朝(あした)にうせ、後少将は、夕(ゆふべ)にかくれたまひにしぞかし。一日がうちに、二人の子をうしなひたまへりし、母北の方の御心地、いかなりけむ、いとこそかなしくうけたまはりしか。
（伊尹の息子たちには、代明親王の皇女を母として、前少将挙賢・後少将義孝という美しい公達がいたが、伊尹が亡くなって三年ほどたった天延二年に流行していた疱瘡に罹患して、挙賢は朝に、義孝はその日の夕方に亡くなってしまったのである。一日のうちに二人の子を失った母の気持ちはどれほどであろうか、とたいそう悲しくお聞き申しあげたことよ。）

いずれも若くして亡くなった兄弟のはかない命は、まさに「朝に紅顔」の句を地で行くものだった。ことに義孝は、『大鏡』や『今昔物語集』が伝えているように優美な姿が評判であり、かつ年若くして仏道を篤く志す人物だったことで、よりいっそうあわれさやはかなさを感じさせたのだろう。「朝に紅顔」の句がもっともふさわしい人物と結びつけられた結果、義孝作と伝えられるようになったのだと考えられる。

ところで、『和漢朗詠集』には十二世紀から多くの注釈が作られており、語の解説だけでなくその和歌や詩が作られた背景についても注が施されるので、ここ三十年ほどの説話研究で大いに注目を集めている。「朝に紅顔」の一句にも、義孝をめぐる興味深いエピソードが書き込まれている。これが、義孝が作った「中陰（ちゅういん）」（死後四十九日の間）の仏事で唱える願文（がんもん）の一部だ、という説である。

まず、書物のかたちで残されている最も古い時代の『和漢朗詠集私注』では、次のような「異伝」が記されている(新典社版)。

是は堀川院の関白麗景殿女御日本第二番の美人なりしが二十五にして死に給ふを、少将はいとこにてましますが此の願文を書き給ふ也。

(これは日本第二の美人である堀川院の関白の娘麗景殿女御が、二十五歳で亡くなったとき、いとこであった義孝が書いた願文である。)

『和漢朗詠集私注』は十二世紀に信阿(覚明とも)が著したものだが、引用した箇所は「天文頃古写下巻残存本および内閣文庫蔵室町期古写本」の複製本にしか見えない記述なので、十二世紀以降に書き加えられた可能性も否めない。しかしながら、この句が義孝の親族にあたる「麗景殿女御」を弔うための願文の一部だとする説は、『私注』以後にも受け継がれていくのである。『私注』の次に古い『永済注』(『和漢朗詠集古注釈集成』第三巻)では、次のように記されている(原文はカタカナ表記)。

この詩、無常の意をつくれり。上句、紅顔といは、わかきときのかほなり。少（わか）き時は、血あるが故に紅なり。或は云はく、紅粉をほどこせるかほなり。下句、郊原といは、文選注に曰はく、野外曰郊と云々。ある人の云はく、この句は、冷泉院御時、麗景殿女御葬送の剋（とき）、義孝少将の作るところなりと云々。

（これは「無常」の意味を詩に作ったものである。上の句の「紅顔」というのは、若いときの元気な顔である。若い時は血色豊かなので紅という。あるいは、紅や白粉（おしろい）を施して美しく装った顔のことである。下の句の「郊原」というのは、『文選（もんぜん）』に「野外を郊という」とある通りである。ある人が言うには、この句は冷泉院の時、麗景殿女御の葬送の際、義孝少将が作ったものだという。）

これらの注に登場する「麗景殿女御」は実在している。冷泉天皇の女御となり花山天皇を産んだ、伊尹の娘藤原懐子（ふじわらのかねこ）で、今井源衛『花山院の生涯』によれば、諸説あるものの天延三年（九七五）四月三日に三十一歳で薨去した。『私注』では「いとこ」とするが、義孝には姉に当たる。

しかし、義孝は天延二（九七四）年九月十六日に死んでいるのだから、麗景殿女御の中陰に願文を作ることはできなかったはずだ。この女御と義孝は親しいきょうだいであったらしく、『後拾遺和歌集』には、先に亡くなった義孝が姉の夢に現れて詠んだ歌が入集している(『新編国歌大観』「哀傷」五九八)。

しかばかりちぎりしものをわたりがはかへるほどにはわするべしやは

(あれほどかたい約束を交わしたのに、三途の川を引き返すそれくらいの間にもう忘れてしまったのでしょうか)

このうた義孝少将わづらひ侍りけるに、なくなりたりともしばしまて経よみはてむ、といもうとの女御にいひはべりてほどもなくみまかりてのち、わすれてとかくしてければそのよははのゆめにみえ侍りける歌なり。

(この歌は義孝少将が病気であったとき、「死んでもしばらくそのままにしておいてください。再び生き返ってお経を最後まで読みたいから」と姉(「いもうと」は女きょうだいのこと)の女御に伝えてまもなく亡くなってしまった後、この遺言を忘れてすぐに葬送をしてしまったので、その夜の夢に現れて詠んだ歌である。)

事実としては、義孝が女御より先に亡くなったとする『後拾遺和歌集』のほうが正しい。ではなぜ、『和漢朗詠集』の注釈では死の順番が逆に書かれるようになったのか。それは、「日本第二の美人」とされた麗景殿女御と義孝という、いずれも若くして亡くなった両者への惜別が、「朝に紅顔」の句の注釈を結節点として、「無常ということ」を代表するものとされたからだと思われる。複数の『和漢朗詠集』注釈が姉弟の死の順をかえ、「朝は紅顔」を美しく高貴な女性のとむらいの文句であると解釈したことは、よりインパクトある「無常」を描くための工夫として十分考え得ることではないだろうか。

このことに加えて述べておきたいのは、「朝に紅顔」の句に対する『和漢朗詠集』注釈と、おそらく十四世紀には成立していたと思われる伝・蘇東坡（そとうば）作「九相詩（くそうし）」が何らかの関係を有するらしいことである。「九相」とは『摩訶止観（まかしかん）』などの仏教経典が説く人の死後を九段階に分ける考え方で、死の直後から腐敗を経て、最後は白骨で終わるものである。それを詩歌にしたものを「九相詩」といい、現在では空海と宋代の文人蘇東坡（蘇軾（そしょく））にそれぞれ仮託された二種類が残されている。「九相図」は「九相」を絵画化したもの全般を指し、中世から近世にかけて多くの作例が残っているが、なかでも十四世紀成立とされる詞書のない九州国立博物館蔵「九相図巻」が最古の作である。

図8 「九相図」より

「九相詩」や「九相図」に関する先行研究の詳細は他書にゆずるが(山本聡美・西山美香編『九相図資料集成——死体の美術と文学』)、伝・蘇東坡作「九相詩」には、「朝に紅顔」の句を典拠としたことが明らかな箇所が見出される。現在確認できる最も古い伝・蘇東坡作「九相詩」が書き入れられたテキストが、文亀元年(一五〇一)の「九相詩絵巻」(九州国立博物館蔵、前出の「九相図巻」とは別の本)であることから推測すると、伝・蘇東坡作「九相詩」はそれより古い『和漢朗詠集』の古注釈を原拠の一つとして生まれた可能性があると考えられる。

昔これ朝帝紅顔の士、今はすなはち郊原白骨の人(「第七　骨連相」)。

「九相図」に描かれた死体は江戸後期の一例を除いてすべて女性であり、「九相詩」もまた「紅粉の翠黛」や「玄鬢先ず衰へて草根に纏わる」といった言葉がちりばめられるように、女性の死の経過を思わせる表現に満ちている（図8は女性の死体を描く江戸後期の「九相図」。夕日と白骨が取り合わされる）。女性の無残な死体を観想することにより淫欲を戒める不浄観がその背景として指摘されているが（山本聡美『中世仏教絵画の図像誌――経説絵巻・六道絵・九相図』）、「朝に紅顔」と「九相詩」のかかわりから見れば、「美しく元気な女性にも等しく死が訪れる」という無常観との関係が大きいと思われる。

「九相詩」に依拠して作られたと覚しい「九相図」は、かつて後白河院の息女である宣陽門院が造営した醍醐寺焔魔王堂にも描かれていたといわれるが（阿部美香「九相図遡源試論――醍醐寺焔魔王堂九相図と無常講式」）、女性である女院があえて不浄観のための九相図を壁画に描かせることは考えにくく、本来「九相図」はすべての人に命のはかなさを説くための無常の絵画であったのではないかと思われる。もしかすると、麗景殿女御の死のエピソードを語る「朝に紅顔」の注釈そのものが、死体を女性として絵画化する「九相図」の生成に関与している可能性を考えるべきかもしれないが、これはまだ仮説の段階である。

平安時代以降、生と死を知るための基本書となった源信の『往生要集』はこう説く（岩波文庫）。

或は朝に生れて、暮に死す。

夕暮れは、一日のうちもっとも死を身近に感じる時間帯であった。朝開いて夕にしぼむ朝顔のように、人の命ははかなくもろい。生命の輝きを象徴するような太陽が沈むとき、人はひとしなみに死を思ったのである。義孝作と伝える一句が後代多くの書物に引かれ、愛唱されるに至ったのも、「夕少将」の名にふさわしいものだったといえよう。

あのひとの・ゆう

高倉院の憂鬱

福原への遷都が間近に迫っていた治承四年(一一八〇)三月十九日、高倉院(一一六一〜一一八一)は近臣とともに安芸国厳島神社への参拝に出発した。しばしば病に悩まされていた高倉院に遠方への御幸を決心させたのは、いうまでもなく時の権力者である平清盛の要請によるものであった。高倉院の父は「日本一の大天狗」といわれた後白河院だが、母は清盛の妻の妹である滋子であり、高倉院自身の中宮には清盛の娘、徳子が入内していた。清盛の血脈にからめとられた高倉院が、平氏の氏神である厳島神社への御幸を強行せざるをえなかったのは、深沢徹が次のように述べている通りの事情だったのだ(「喧嘩の舟路——『高倉院厳島御幸記』にみる〈交通〉」)。

とはいえ今回の厳島御幸は、清盛の強い意向によって行われるものであり、したがって旅の行程はすべて、あらかじめ平家の公達によって準備万端整えられ、用意周到計画されていた。……つまりは平家の庇護のもと、そのたなごころのうちを移動する旅に外ならなかった。

このとき、高倉院に付き従って瀬戸内へくだった近臣に、源（土御門）通親がいた。ライバルの九条兼実から「権門の思うままに従い、朝廷をないがしろにしている」（兼実の日記『玉葉』）と罵られながらも、政務に抜群の手腕を発揮し、平家が壇ノ浦で滅亡した後もたくみに政界を生き延びた人物だ。

この通親が、高倉院の厳島参詣の始終を『高倉院厳島御幸記』に書き残している。小川剛生「『高倉院厳島御幸記』をめぐって」によれば、通親自筆の原本そのままではなく、後人の手がかなり入った改作本というから、本書を史実として扱うのは慎重を期さなければならない。しかし、後代に書き加え、あるいは書き換えられたかもしれないにせよ、福原遷都直前の清盛と高倉院の微妙な関係を思わせる表現が各所に見受けられるのは、後人が平氏と朝廷の間でなんとか保たれていた均衡を敏感に感じ取ったためかもしれない。書かれたものには、書かれたがゆえに表出される感情の機微があるのだ。

高倉院一行は、海路、陸路を併用して福原のすぐ近くの寺江(てらえ)(現尼崎市)に到着した。一日の旅程は、日が暮れる直前の夕方に終わることになる。疲れこうじて見知らぬ土地にたどり着き、慣れぬ枕に憩うとき、人は住み慣れた故郷を思い出して感傷的になるものである。現代のようなレジャーとしての旅ではない。旅は病や事故に遭遇し、万一の場合は命を失う可能性さえなくはない危険をともなっていたのである(新大系本『中世日記紀行集』)。

かくて、御船出して、東風(こち)かぜを追ひて、下らせ給ふ。申(さる)の時に川尻の寺江といふ所に着かせ給ふ。邦綱(くにつな)の大納言御所造りて、御設け心を尽くして、御船ながらにさし入れて、釣殿より下りさせ給ふ。御障子どもも、唐の大和の絵ども描きちらしたり。厩に葦毛の馬ども二疋立てて、めづらしき鞍ども懸けたり。御よそひの物ども数知らず。上達部(かんだちめ)殿上人(てんじゃうびと)の居所ども、みなそのよそひあり。

(こうして、御船を出して、東風を追って西へと下る。午後三時から五時の間に、川下の寺江という所にお着きになる。藤原邦綱の大納言が心を尽くして接待の準備をなさった御所に船のまま入り、院は釣殿からお降りになった。襖には、唐絵や大和絵などが描かれていた。厩には院に献上するための葦毛の馬が二疋立っており、みごとな鞍が置かれていた。お部屋の調度品は数がしれないほどで、上達部殿上人の部屋もみな同じように豪奢なしつらえがされている。）

福原遷都はこの年の六月におこなわれるので、高橋昌明が福原で御所となるところを清盛の別荘とみてよい、と述べるように（『平清盛 福原の夢』）、福原には清盛はじめ平家の貴族たちが邸宅を構えていたと思われる。豪奢に飾られた道中の高倉院の宿所には、平家公達の屋敷が当てられた。船のまま入って釣殿へと降り立ったというのだから、今の神崎川の流路を寝殿造の池につなげていると想像されるが、京都では考えられない建築だったに違いない。

ただし、どんな豪奢な接待を受けても高倉院一行は疲れの色をにじませていたはずだ。そんな折りも折り、清盛が福原から唐船（中国の船）を遣わしてきて、乗船を勧めたのである。一行の心中を察すると、「ありがた迷惑」とでもいうほかはなかっただろう。

福原より、「けふよき日とて、船に召しそむべし」とて、唐の船まゐらせたり。まことにおどろおどろしく、絵に描きたるに違はず。唐人ぞ付きて参りたる。「高麗人にはあだには見えさせ給まじ」とかや、なにがしの御時沙汰ありけんに、むげに近く候はんまでぞ、かはゆく覚ゆる。御船に召しそめて、江の内をさしめぐりて、上らせ給ぬ。夕の雨静かにそぼちて、旅の泊まり、いつしか都恋しく、心ぼそき有様なり。

（福原から清盛が、「今日は日和がよいので、お船に初乗りなさいませ」と唐船を寄越した。その様子はまことに仰々しく、絵で見ていたものと寸分違わない。船には唐人が付き従ってきた。「外国の者と直接相対なさるべきではない」と、宇多上皇のときに沙汰があったのにもかかわらず、唐人がむやみに近くまで寄ってきたので、院がお気の毒に思える。院は船にお乗りになって、難波江の内を巡航され、上陸なさった。夕方の雨がしめやかに降り、旅先での宿泊はいつしか都が恋しく、心細い有様である。）

唐船は絵で見た姿そのままであったが、「おどろおどろしく」と表現されるように大げさすぎていささか辟易するところがあったらしい。そこには唐人が乗っており、高倉院のそばに近寄ってきさえもした。ふだんでも高貴な人は直接下々の者に対することはないので、通親にとってこの唐人のふるまいはことさら無礼に感じられただろう。行間から、清盛のおごりとそれにむしろ唯々諾々としたがう高倉院の姿が浮かび上がってくる。

「日和がよい」と言っていたのに、雨が降り出していた。だんだん暮れてゆく時刻の雨は、人の心もよりいっそう暗くすぼらせる。まだ目的地の厳島は遠いのに、すでに一行には里心がつき始めていた。鴨長明は『方丈記』(新大系本)で都遷のさまを「古京はすでに荒れて、新都はいまだ成らず」と嘆じたが、福原は「波の音常にかまびすしく、塩風ことにはげし」い異郷であって、京では想像もつかない海沿いの宿所で、故郷への思いはいっそう募ったことだろう。

この夕暮れ時の郷愁は、この後も高倉院とその一行につきまとったようだ。復路の四月六日には、厳島からようやく再び福原へ戻ってきたものの、高倉院の体調不良が続き、帰心は募るばかりだったが、清盛はまたしても福原の案内を敢行している。げっそりとした高倉院は、灸治を受ける始末だった。

> 申の時に福原に着かせ給ふ。いま一日も都へ疾(と)くと、上下心の中(うち)には思ひける。「福原の中御覧ぜん」とて、御輿にてここかしこ御幸あり。……かくて「御痩せもただならず」など聞えて、医(くすし)ども申すすめて、御灸治などぞ聞こえし。

近年では、高倉院が単純に清盛に操られていたという説に異論がとなえられているが(佐伯智広「高倉皇統の所領伝領」)、文芸の世界では、さまざまなしがらみにがんじがらめにされた高倉院の心情が近臣通親の目を通してあぶりだされるように描かれている。繰り返される「夕暮れ時の都思い」は、史実ではない一つの「物語」を構築する際にきわめて効果的であったといえよう。

この後、養和元年(一一八一)正月十四日に高倉院は崩御、ついで、権勢を誇った清盛も没する。そして寿永二年(一一八三)、平家一門は西海へ敗走する。こうして一つの時代の終わりを、祇園精舎の無常の鐘がしずかに見送っていったのである。

Ⅳ よる

葬送の夜

滋賀県大津市の聖衆来迎寺(しょうじゅらいこうじ)には、十三世紀成立とされる国宝の「六道絵(りくどうえ)」が所蔵されている。人間が生まれながら経験しなければいけない苦しみや、畜生道、修羅道といった六道のありさまが十五幅にわたって展開される仏教絵画だ。そのなかの「人道苦相Ⅰ幅」と呼ばれる絵には、生老病死という人間の四苦が細やかな筆使いで描き出されている。その画面右上方は、亡くなった人の葬送の場面で占められており、涙を拭いながら棺に付き従う人々の姿が活写される。そこで気になるのが、葬送行列を照らすように松明をかかげた人物が描き添えられていることである。また、甲冑を着けた武士が葬列の最後を守るのも、現代の葬式を見慣れた目からすればば奇異に映る(図9)。

松明を持つ人物をあえて描くのは、この葬送が夜におこなわれたということを示すのだろう。「六道絵」と近い成立の他の絵巻でも、松明を手にする白装束の人物と武装した人物はそろっ

図9 「六道絵」人道苦相Ⅰ幅より

て描かれているのである。葬送はいったいどのような時間帯におこなわれたのか、そしてなぜ武装した人物が葬列に加わる必要があったのだろうか。この疑問について、吉田奈稚子は次のように解説している（「中世の葬送と供養観の展開」）。

> 夜に行われたのは中世前期であり、中世後期になると、とくに上級武士の葬儀で昼に行われるようになるとされる。……多くの人々が活動をやめ、休んでいる夜に葬送を行うということは、基本的にひっそりと行うものであったと考えられる。……〔絵巻で松明を持つ人々が描かれることで〕松明を持つ者が付き添い、夜道を照

らしていることが分かる。

江戸時代の資料にも、上代から葬送が夜におこなわれてきたと記すものがある。尾張の国学者である天野信景の随筆『塩尻』巻三がそれである（国立国会図書館デジタルライブラリー）。

> 葬礼に夜を用之事、上代格に成りて、我国久しき風俗也。
> （夜に葬礼をおこなうということは、上代に規則となり、我が国で長くおこなわれている風俗である。）

吉田の論とあわせ読むと、上代から「六道絵」が描かれた中世前期までの間、葬送は夜におこなわれ、それゆえに足下を照らす松明が必要だったということになる。鎌倉時代の武士の葬儀について書かれた『吉事次第』の「御葬送事」に「御葬送夜」という文言が見えるように、葬送は実際に夜おこなわれていたようだ。朧谷寿『平安王朝の葬送――死・入棺・埋骨』には、藤原道長の正妻である倫子の葬礼が夜遅くから明け方にかけておこなわれた例も示されている。

このような現実の慣習は、古典文学にも反映されている。そのもっとも顕著なものは、『源氏物語』「葵」巻に記された、光源氏の正妻である葵の上の葬礼である。道長の正妻とよく似た上流貴族の地位にある女性として、葵の上の葬礼は古来のしきたりを踏襲した盛大な儀式として執りおこなわれた。

葵の上は、さまざまな物の気に悩まされながら出産を果たすが、その後急逝してしまう。父親の左大臣は鍾愛の娘をすぐに葬ろうとせず、三日の間そのままにしておく。これは、もしかしたら生き返るかもしれないという期待を込めてのことだが、三日たっても蘇生しない場合は厳然とした死の判定が下されるということでもあった。そうして、葬送の当日を迎える（新全集本）。

いかがはせむとて鳥辺野に率てたてまつるほど、いみじげなること多かり。こなたかなたの御送りの人ども、寺々の念仏僧など、そこら広き野に所もなし。……夜もすがらいみじうののしりつる儀式なれど、いともはかなき御骸骨ばかりを御なごりにて、暁深く帰りたまふ。

（この上はどうしようもないと、鳥辺野の墓所へお連れ申しあげるが、その前後にはいろいろ不思議なことが起こった。あちらこちらから葬送にやってきた人々、寺々の念仏僧たちが、広い野原を埋

図10 「幻の源氏物語絵巻」葵より

め尽くしている。……夜通し続く騒々しく盛大な儀式ではあるが、まことにはかない御遺骨のほかには何も残らず、夜明けにはまだ早い時分にお帰りになる。)

「夜もすがら」とあるので、葬礼は夜通し続き「暁深く」、つまりまだ暗いうちに終わったのである。「中世以前の火葬は夜に行い、また長時間かかったので、拾骨は翌朝になる」(勝田至『日本中世の墓と葬送』)からだ。葵の上とは仲むつまじい夫婦とは言えなかったが、源氏の深い後悔が「いともはかなき御骸骨ばかり」という箇所から伝わってくる印象深い場面である。

なお、メトロポリタン美術館所蔵の「幻の源氏物語絵巻」(断片しか残っておらず、その全体像が未解明のため「幻」と冠される)には、墨染めの喪服を着た数多くの貴族と尼僧を含む僧侶たちが葵の上の火葬を見守る場面が絵画化されているものの、松明などの夜を思わせる描写がない(図10)。この絵巻は近世の作なので、『源氏物語』本文とは異なり、絵巻が描かれた近世当時の実情が反映されているからであろう。中世後期から近世になると、葬礼は夜に限定されることがなくなるのである。むしろ、その荘厳さを見せるために昼間におこなわれるようになるという。「幻の源氏物語絵巻」は、「見せる葬礼」という時代を反映させた構図になっているといえる。

ほかにも、夜に葬送がおこなわれるさまを記す話はいくつか見出せる。『伊勢物語』第三十九段には、身分の高い皇女の葬送をはっきりと「夜」のことと記している(新全集本)。

> むかし、西院(さいいん)の帝と申すみかどおはしましけり。その帝のみこ、たかい子と申すいまそがりけり。そのみこうせ給ひて、御(おほん)はぶりの夜、その宮のとなりなりける男、御葬見むとて、女車にあひ乗りていでたりけり。
>
> (昔、淳和帝と申しあげる天皇がいらっしゃった。その皇女にたかい子という方がおられた。たかい子が亡くなって、その葬儀の夜、宮の隣に住んでいた男が葬列を見ようと女車に相乗りして出かけていった。)

また、『宇治拾遺物語』巻三ノ十五「長門の前司の女、葬送の時、本処に帰る事」（新大系本）からも、夜の葬送が慣例となっている様子がうかがえる。長門前司の娘が亡くなってしまったので鳥辺野へ葬るため何度棺を持って行っても、毎回遺体がいつのまにか自宅に戻ってきてしまう、という奇怪な話である。

「いかがすべき」といひあはせさわぐ程に、「夜もいたくふけぬれば、いかがせん」とて、夜明けて、また櫃に入て、このたびはよく実にしたためて、「夜さり、いかにも」など思てある程に、

（「どうしよう」といいながら騒いでいると、「夜もたいそうふけてしまったのでどうしたものか」と、夜が明けてまた棺にいれて、今回はよく注意して「夜のうちになんとかしたい」などと思っていると、）

新大系本は「夜さり、いかにも」という箇所に、「葬送は夜行われるのでこのように思ったもの」と注しており、その根拠は示されないものの、ここでも夜の葬送が一般的であったことがわかる。この長門前司の娘の場合は、遺体が自宅へ帰って来てしまうというあってはならな

い怪異が起こるが、それは遺体に魔が取り憑いたことを意味している。武装した者が葬送に付き従わなければならないのは、夜のはざまから遺体に忍び寄る魔的な存在を武の力で払う、魔除けの役割が期待されていたからだと思われる。

葬送は、棺に入っていようとも遺体を墓地へ運ぶ行為なので、日の光ですべてがあらわにされる時間帯を避け、他人の目に触れないようにするのは当然ともいえる。死は厳然たるケガレであり、亡くなった人の親族は喪に服すことが求められたのである。また、勝田のいうように当時の火葬は長い時間がかかったというのも、人目につきにくい夜に葬礼をおこなった理由の一つだろう。

では、火葬でない場合はどうなのだろうか。『今昔物語集』巻二十九ノ十七「摂津国小屋寺に来て鍾を盗む語」は、たまたま遭遇した遺体の葬送を請け負った男たちが、実はその隙に寺の鐘を盗み去るという話である(新大系本)。摂津国の昆陽寺(こやでら)にやってきた老法師が、鐘撞き堂の下に宿を借りるも二日ばかり後に死んでしまう。寺の僧たちはケガレだといって死体に触れず、里の者も近く祭礼があるからと尻込みする。すると、三十歳くらいの男が二人やってきて、老法師は我らの父である、と述べて葬礼を執りおこなうのだった。

「然るにても、罷(まかり)て見て、実に其れに候はば、夕さり葬候はむ」と云て、……而る間、戌(いぬ)時許(ばかり)に成りて、人四、五十人許来て喤(のの)しりて、此の法師を将出(ゐていだ)すに、……後の山本に十余町許去(のき)て、松原の有る中に将行て、終夜念仏を唱へ金を叩て、明くるまで葬て去ぬ。

(「そうしてやってきて見ると、ほんとうに我らの父親でございましたので、夕方になったら葬送いたします」と言って、……そして午後七時から九時頃になると、四、五十人ほどの人がざわざわとやってきて、亡くなった法師を連れ出し……後ろの山の麓に十町ほど行った松原のある中に率いてきて、夜通し念仏を唱え鉦をたたいて、夜が明けるまで儀礼をおこない去って行った。)

亡くなった法師は山の麓に埋葬されたと見られるが、土葬の場合でも葬送儀礼は夜を通しておこなっていたようだ。寺が留守となったこの間に、賊の仲間は鐘撞き堂の鐘を盗んでいったが、それが不審に思われなかったのは、終夜の葬送がおこなわれるのが当然だという意識が寺の者たちに浸透していたからでもある。葬送の「常識」を逆手にとった犯罪だったわけだ。

もう一つ、夜におこなわれた土葬をあげておこう。清少納言が仕えたことで知られる一条天皇の中宮定子は、その遺言に従って鳥辺野に土葬されている。『栄華物語』巻七「とりべ野」はその葬礼のさまを次のように伝える(新全集本)。

その夜になりぬれば、黄金づくりの御糸毛の御車にておはしまさせたまふ。帥殿よりはじめ、さるべき殿ばらみな仕うまつらせたまへり。今宵しも雪いみじう降りて、おはしますべき屋もみな降り埋みたり。おはしまし着きて払はせたまひて、内の御しつらひあべき事どもせさせたまふ。

（葬礼の夜になったので、黄金づくりの糸毛車でご遺体をお運び申しあげる。兄の伊周さまはじめ縁者の殿方はみなお供された。今夜は折しも雪がたいそう降り、御霊屋もみな雪に埋もれてしまった。到着されて雪を払い、屋内の飾り付けが必要なものをお設けになる。）

激しく雪が降るなかを、定子の葬送は厳かに執りおこなわれた。その様子が『枕草子』に書かれていないのは、清少納言があえて書くのを控えたからだろう。『枕草子』には、有名な「香炉峰の雪」の段（第二百八十段、新大系本）をはじめとして、雪を背景に定子とのつながりを描く章段が数多いことが指摘されている。「清少納言が雪の日に始めて出会った女主人との別れの時は、やはり雪の降りしきる日だった」（赤間恵都子「『枕草子』の雪景色――作品生成の原風景」）のである。白く舞い散る雪が鳥辺野の闇に映えて、定子と清少納言の間を死が永遠に分かつ瞬間を荘厳に彩っていく。夜の葬送は、死者をこの世からあの世へ送り出すための、ある特別な時空を有していたといえるのかもしれない。

月の顔を見るなかれ

中秋の名月に月見をする風習は現代にも生きているが、かつて「月を見ること」が禁忌とされたことを知る人は少ないのではなかろうか。月からやってきたかぐや姫の物語である『竹取物語』は、そのタブーを記したおそらく日本文学史上初めての文献である。物語の終盤、かぐや姫はしきりに月を見ては涙を流すが、その姫に対して数回にわたり「月を見るな」と制止する人々が描かれる場面がある。少し長くなるが、引用しておこう(新全集本)。

春のはじめより、かぐや姫、月のおもしろういでたるを見て、つねよりも、物思ひたるさまなり。ある人の「月の顔見るは、忌むこと」と制しけれども、ともすれば、人間(ひとま)にも、月を見ては、いみじく泣きたまふ。七月十五日の月にいでゐて、せちに物思へる気色なり、

(ある年の春のはじめころから、かぐや姫は、月が趣あるさまに出ているのを見ては、ふだんよりも

図11 「竹取物語絵巻」下巻より

物思いにふけっている様子である。ある人が、「月の顔を見るのは不吉なことですよ」と止めるが、ともすれば人目に付かない間にも、月を見てはひどくお泣きになる。七月十五日の月に、かぐや姫は縁先に出て座り、強く物思いにふけっている様子で、〕

止められても月を眺めるのをやめないかぐや姫に、翁は言葉をかける(図11)。

「なんでふ心地すれば、かく物を思ひたるさまにて月を見たまふぞ。うましき世に」といふ。かぐや姫、「見れば、世間心細くあはれにはべる、なでふ物をか嘆きはべるべき」といふ。……〔なお物思う様子が続くので、翁は〕

「月な見たまひそ。これを見たまへば、物思す気色はあるぞ」といへば、「いかで月を見ではあらむ」とて、なほ月いづれば、いでゐつつ嘆き思へり。

（「どのような気持ちで、こんな物思わしげな様子で月をごらんになるのですか。これほどすばらしい世なのに」と言う。するとかぐや姫は「月を見ると、世の中が心細くしみじみとした気分になるのです。そのほかには、なんのために物思いにふけって嘆いたりしましょうか」と言う。……「月をごらんなさるな。月を見ると、どうやら思い悩む様子がありますよ」と言うと、かぐや姫は「どうして月を見ないでいられましょうか」と、やはり月が出ると縁先に出て座りしずみこんでいる。）

姫の憂いを心配した翁の言葉はともかくとして、「月の顔見るは、忌むこと」という「ある人」の言からは、当時一般的に月を直接見ることが禁忌とされたらしいことがうかがえる。『竹取物語』のほかにも物語や日記、和歌の中にも似た記述が見出せ、月を見ることが物思いの種となるという考え方が基本にあったことがわかる。実例を見てみよう。

秋の夜、我が身を振り返る紫式部も月を見ていた（新大系本『紫式部日記』）。

その心なほ失せぬにや、もの思ひまさる秋の夜も、はしに出でゐてながめば、いとど、月やいにしへほめてけんと、見えたる有様を、もよほすやうに侍るべし。世の人の忌むといひ侍る咎をも、かならずわたり侍りなんと、はばかられて、すこし奥にひき入りてぞ、さすがに心のうちにはつきせず思ひつづけられ侍る。

（我が身をかえりみて、そんなすさんだ気持ちがやはりなくならないのかと、憂いのまさる秋の夜など も、縁先に出て座って月を眺めながら物思いにふけっていると、いっそう、あの月が昔の活躍していた自分をほめてくれた月だったのだろうかと、まるでかつて見た光景を呼び起こすように思われます。こんなふうに月を眺めていると、世間の人が忌むという「咎」もきっとやってくるだろうとはばかられて、すこし奥に引っ込んではみるものの、やはり心の中では次々と物思いを続けてしまうのです。）

別の伝本では「咎」を「とり（鳥）」とし、「月夜にある鳥が飛び来ることを忌む俗信があったらしい」と注するものもあるが（新全集本頭注）、「少し奥にひき入りて」とあるので、ここは「月を見ることへの咎」と理解していいだろう。

月を見ると憂鬱になるので周囲の人が心配する、というのは『更級日記』でも同じである（新大系本）。

その十三日の夜、月いみじく隈なく明きに、みな人も寝たる夜中ばかりに、縁に出でゐて、姉なる人、空をつくづくとながめて、「ただ今ゆくへなく飛びうせなば、いかが思ふべき」と問ふに、なまおそろしと思へるけしきを見て、ことごとにいひなして笑ひなどして聞けば、

（その月の十三日の夜、月がくまなく明るく、家の者もみな寝静まった夜中に縁先に出て座り、姉が空をつくづくと眺めて、「たった今私が行方もしらず飛び失せてしまったら、あなたはどんな気持ちになるでしょうね」とたずねるので薄気味悪く思っていると、姉も私の様子を見て取って、別の話題に言いつくろって笑い興じたりして聞くともなく聞くと、）

これらが、月を眺めるかぐや姫が月に帰ってしまうという『竹取物語』を意識して書かれているのは明らかだが、『竹取物語』以前から月を見ることの禁忌が一般的であったかどうかはさだかではない。そもそも、池や水に映して見るのではあるが、八月十五夜の中秋の名月に月見の宴が催されるさまは物語にしばしば描かれているのに、どうしてことさら月を見る禁忌が強調されなければならないのだろうか。

この問題に対しては、世界的にも月は人の心を惑わせる呪力を持っているとされている、女

性の生理的現象に関連するタブーがある、月を見る人は早く老いる、などの説が出されてきたが(太田陽介「夕顔巻の「月」――『更級日記』との関係について」に簡潔にまとめられている)、これだけでは説明がつきにくい。こうしたなかでも、平安時代よく読まれた白居易(白楽天)の詩が出典だという説は、ほとんどの『竹取物語』注釈で指摘されている。それは、「内に贈る」(妻に贈る)と題された詩である。関係する箇所のみ引用してみる。

月の明かきに対して往事を思ふなかれ　君が顔を損じ君が年を減せん
(明るい月に向かってかつてのあのことを思い出すな。あなたの顔色を損ない、老いさせるから)

月を見て物思いにふける人を制止する、という点はよく似ているが、この詩が月を見ることの禁忌ではなく、「往事」を思い出すことへの制止に重きを置いているという反論が出されている。静永健「月を仰ぎ見る妻へ――白居易下邽贈内詩考」によれば、「往事」とは中秋名月の前後の夜に幼い娘を亡くしたことを指し、白居易夫妻にとって「秋の満月は実に「悔恨の風景」とでも言うべきトラウマ」となっていたからで、その事件を思い出させないよう妻に観月を禁じたのだという。たしかに、この詩が直接的に月を見ることの禁忌と結びつくわけではない。いったい、月は見てもよいのか、いけないのか、どちらなのだろうか。
実は、すでに多くの論文が指摘しているように、月を眺めることが忌避されていない場合も数多い。先に述べた名月の宴もその一つだが、よく知られているのは、『源氏物語』「須磨」巻で須磨に流された光源氏がしみじみ月を眺めて都に思いをはせる場面である（新全集本）。

月のいとはなやかにさし出でたるに、今宵は十五夜なりけりと思し出でて、殿上の御遊び恋しく、所どころながめたまふらむかしと、思ひやりたまふにつけても、月の顔のみまもられたまふ。

（月がたいそう美しく差し出てきたので、今宵が十五夜だったことをお思い出しになって、殿上の管弦の遊びが恋しく、また、あちらでもこちらでも、懐かしい人々がきっと月を眺めていらっしゃることだろうと都に思いをはせるにつけても、月の面ばかり見つめずにはいられない。）

光源氏が「月の顔」を直接目にしても、誰も止める者はいない。月を眺めることは遠く離れた都にいる親しい人々と思いをともにするしみじみとした行為なのである。ここに、遣唐使として唐に渡り、ついに故郷の土を踏むことがかなわなかった阿倍仲麻呂（あべのなかまろ）の歌が重ね合わされているのは間違いない(『古今和歌集』四〇六、「百人一首」七)。仲麻呂の望郷の思いは、この地球上で月を眺める人々と共有されているのだ。

天の原ふりさけみれば春日なる三笠の山に出でし月かも

このように、月は懐かしい人々や場所を愛おしみ、それゆえに物を思わせるものでもあった。山本啓介は、『竹取物語』などを引きながら、そうした月の両義的な性質を的確にまとめている(「姨捨山の月」)。

月は、不思議な悲しみをともなっている。それ故に、ただ陽気にその美を眺めるばかりのものではなかった。……月を見続けることを禁忌とする俗信が当時あったらしいことが知られている。もちろんこれらは、ただ単に月を忌むものではない。見とれてしまうほど美しくありながら、何かを損じてしまうような恐れを、人々は月に感じていたということであろう。

しかしながらいま少し疑問が残るのは、月を見ることを制止されているのは女性がほとんどだという点である。須磨の源氏も、「月見ればちぢにものこそかなしけれわが身ひとつの秋にはあらねど」と詠んだ大江千里にしても（『古今和歌集』『新編国歌大観』一九三）、月を見る男性には特段の禁忌が見当たらないからだ。これを、よく言われるように、月が女性の生理的・精神的な現象に関与するからといった言い方でおさめてしまうのは、雑駁な議論にすぎない。

女性が月を見ている場面を、もう一度よく読んでみよう。『源氏物語』「宿木」巻には、匂宮の住まいに引き取られていた宇治の中の君が、匂宮が夕霧の六の君と結婚するせいもあって、十六夜の月を眺めて我が身を嘆く場面がある。夕霧の使者である中将が匂宮を迎えに来たので、さすがに中の君を不憫に思って匂宮はこう言い置いて出かけていく。

「いま、いととく参り来ん。ひとり月な見たまひそ。心そらなればいと苦し」と聞こえおきたまひて、

（「今すぐにも帰って参りましょう。ひとりで月を御覧になってはいけませんよ。あなたを残してゆく私も、心はあちらになくとてもつらいのです」とお申しおきになって、）

そして嘆きのつきない中の君に対して、老女房たちも同じように言うのである。

「今は入らせたまひね。月見るは忌みはべるものを。……」

（「もう奥へお入りなさいまし。月を見るのは不吉なことでございますのに。……」）

月を見て思いをめぐらす中の君の姿がやはり『竹取物語』のかぐや姫の嘆きを意識していることは言うまでもないが、ここで注意したいのは、「ひとり月な見たまひそ」という匂宮の言葉のほうである。月を見ると物思いにふけるからよくないものの、それはあくまで一人という制限つきなのだ。さらに踏み込めば、かぐや姫になぞらえられる女性が一人で月を見ることが、憂慮すべき行為なのだと言うことができるのではなかろうか。

これについて興味深いのが、『後撰和歌集』六八四（『新編国歌大観』）の読み人しらずの和歌である。

月をあはれといふは忌むなりといふ人のありければ
ひとり寝のわびしきままに起きゐつつ月をあはれと忌みぞかねつる

（月を趣深いと言うのは忌むことだ、という人があったので詠んだ歌
一人で寝る夜はあまりにわびしくて、起きだして縁先に座り月を眺めていると、その趣深さにとても「忌む」などということはできそうにありません）

これと同じ歌が『小町集』三六（『私家集大成』）に入っており、詞書が次のように異なっている。

中たえたる男の、しのびてきてかくれて見けるに、月のいとあはれなるを見て、寝んことこそいとくちをしけれとすのこにながむれば、男忌むなる物をといへば
（縁がなくなってしまった男がそっとやってきて隠れて見ていると、女が月の美しいのを見て「寝るなんて口惜しいこと」と簀の子から眺めていると、男が「月を見るのは忌むといいますよ」と言うので詠んだ歌）

『小町集』は実際の小野小町の歌ではないものが多いので、これも「女」が小町に擬せられているのだろう。『源氏物語』「宿木」巻と同じように、ここでもまた、月を見る女を男が制する、という構図が見出せる。つまり、女性が一人で月を見ることが禁忌とされるのは、かぐや

姫のように思い悩んでしまうから、そして、彼女を思う人物の元から離れて行ってしまう可能性を危惧するからだといえるのではなかろうか。

しかし、中世になるとそうした禁忌が語られることが次第になくなり、男女ともに、月は見ることで心を慰められるものとなってゆく。それは、明るい光が迷妄の闇を照らし、煩悩から解放された人間の本性を月にたとえる「真如(しんにょ)の月」という仏教思想の浸透と関連していると思われる。月を眺めることは、みずからの内面に目を向けることを意味するようになったのである。たとえば、『徒然草』第二十一段には(新大系本)、

よろづのことは、月見るにこそ慰む物なれ、

とあり、また、『無名草子』にも月を見て「心澄む」気持ちが記されている(新全集本)。

月明かき夜は、そぞろに、心なき心も澄み、情なき姿も忘られて、知らぬ昔、今、行く先も、まだ見ぬ高麗(こま)、唐土(もろこし)も、残るところなく、遥かに思ひやらるることは、ただこの月に向かひてのみこそあれ。

（月の明るい夜は、何となく心が澄み情のない我が身も忘れることができ、知らない過去やこれからの未来、まだ見たことのない高麗や唐土にまで思いをはせられる。そうすることができるのはただ月に向かってだけのことなのだなあ。）

これらの例からは、心を曇らせる雲を取り払い澄んだ気持ちで月に向かい合う人々の姿がうかがえる。月を媒介として、人は内面のささやきに耳を澄ませたり、時空はるかに駈け行くことができるのだ。月を見て涙にくれるかぐや姫や中の君は孤独のうちに苦悩したが、宇宙的な広がりを有する月の姿は、「孤」ではない人のしずかなつながりを開いていったのだった。

雪と夜景の発見

雪の景色は、いつどんなところでも美しい。灯りがあるなら、なおさらに映える。元禄四年(一六九一)に刊行された俳諧集『猿蓑(さるみの)』巻一に、編者でもある野沢凡兆(のざわぼんちょう)のこんな句がある(新大系本『芭蕉七部集』)。

下京や雪つむ上の夜の雨

夜、京都の下京に積もった雪の上に雨が降っている、そんな意味の句だが、この句にはいささかの成立事情があった。凡兆とともに『猿蓑』を編んだ向井去来(むかいきょらい)の俳論集である『去来抄』に詳しく語られている。凡兆、去来はともに「俳聖」松尾芭蕉の弟子である(岩波文庫『去来抄・三冊子・旅寝論』)。

此句、初めに冠なし。先師をはじめ、いろいろと置き侍りて、此の冠に極め給ふ。凡兆「あ」と答へて、いまだ落ち着かず、先師日く、「兆、汝手柄に此の冠を置くべし。もし勝るものあらば、我二度と俳諧をいふべからず」。

（この句ははじめ、「雪つむ上の夜の雨」だけが出来ていて、初五（冠）がなかった。それで、師の芭蕉をはじめ各人がいろいろ置いてみて、結局「下京や」に決まったのだ。作者の凡兆は「はあ……」と答えて心からは承服しかねる様子だったが、芭蕉は、「おまえ、ほかにぴったりなものがあるというなら置いてみよ。これを超える初五があるならば、私は二度と俳諧はやらないぞ」と。）

芭蕉の言葉の前半を、「私がこれを置くからそれをおまえの手柄とするがよい」とする解釈もあるが、ここでは「下京や」が芭蕉の手になる絶妙な初五であることを確認しておけばよいだろう。ちなみに「下京」とは、現在の京都市下京区に中京区の一部を併せた地域で、三条通以南を指す。いまでも京都市で最も繁華な街である。

この句を読んで、どのような印象を抱かれただろうか。『去来抄』の注釈には「寒さの中に一抹の暖かみがある」（岡本明『去来抄評釈』）や、「雪の止んだ雨夜の、寒さがゆるんで、なんとなしに潤いと暖かさの感ぜられる雰囲気をとらえた佳句」(南信一『総釈 去来の俳論(下)』)、あるいは「「雪つむ」以下の景物のもつやわらかく温かみのある本情にかなうものとして「下京」を配したもの」(新全集本『連歌論集・能楽論集・俳論集』頭注)などというように、雪の句にもかかわらず暖かさを感じる、というものが多いのである。ところが、夜目にも白く降り積もった雪が雨でぐずぐずになっている様子だけからでは、暖かさが十分に伝わってくるとは考えにくい。だからこそ、初五(冠)の「下京や」が効いてくるのだ。

「下京」の効果には、北にある上京より南の下京の方が気温が高い、という現実の気象条件が関与している。さほどの高低差がない京都市だが、住んでいれば現代でもこれは実感できることだ。上京区の今出川通をさらに北へ進むと、とたんに雨が雪に変わるときがある。だから、下京は上京よりも暖かいのである。

また、地域色も暖かさを抱かせる原因となっている。京都の下京と呼ばれる地域は、公家屋敷が整然と並ぶちょっとすました上京とくらべて、商家の多い雑然としたところだからである。昼間のような人通りが絶えたとはいえ、何となく親しみやすく寒さのゆるんだ雰囲気がある場所なのだ。たとえば、通りがかりにふくふくと香ばしいお出汁のかおりに包まれるような、人恋しくも懐かしい感じといえば伝わるだろうか。

復本一郎は『芭蕉の言葉――『去来抄』〈先師評〉を読む』で『好色一代女』「小町踊」（貞享三年〈一六八六〉刊）を引用し、下京のやや猥雑な喧噪ぶりを指摘している。

> 四条通迄は静にゆたかにいかさま都めきけり。それより下は、町筋かぎりて声せはしなく、足音ばたつき、かくもかはる物ぞかし。
> （四条通までは静かで町並みがゆったりしていていかにも都らしい風情であるが、それより南に行くと道幅が狭く人の声がうるさく、人通りも多くなって、こんなに雰囲気が変わるものかと驚かされる。）

商家が多いので頻繁に人々が行き交い、しかも忙しいのでばたばたと早足になるというのである。四条通が区切りとなっているのは、メインストリートだからである。江戸時代の呉服商からデパートに発展した「大丸」や「髙島屋」が、今も四条通に店舗を構えているのも納得されよう。

このように、下京は庶民的な町である。身分の高低を問わず、多種多様な人々の交通が盛んなところである。その片鱗は、たとえば俳諧集『炭俵』下巻に収録された孤屋（こおく）の句にもうかがえる（新大系本『芭蕉七部集』）。

　下京は宇治の糞船（こえぶね）さしつれて

「糞船」とは、人糞を運搬する船のことだ。宇治は京都南部の農村であり、鴨川を通じて人の多い下京まで船で肥料をもらいにくるのである。下京は住民が多いので、便所にたまる肥の量も比例して多くなる。「糞船」を操る郊外の農民すらも風景に溶け込んでしまう下京の喧噪ぶりを物語ってあまりある句だろう。

ところで、暖かさを云々するためには「下京」以外にもう一つ付け加えるべき要素がある。それは雪をほんのりと照らし出す灯火だ。先に引用した岡本明の注釈には、次のように記されている。

　大戸を下してはゐるが、その中には明るい灯と人々の団欒とが包まれてゐる。

もちろん、俳諧が目で見た実景を詠んだものとは限らないし、そもそも句の中に灯火という言葉が登場するわけではない。ではいったいなぜ、この句から灯火の存在を読み取ることができるのだろう。そして、灯火はどこにあって、どのように風景を照らしているのだろうか。

上京のお屋敷は広々としているうえ庭木も多く、居室の灯りが戸外を照らすことは考えにくいが、特に「町家」と呼ばれる京都独自の住居兼用店舗の場合、店じまいした後も格子のはざまから居室の灯りが漏れ出ることが想像される。さきほど引用した注釈にある「大戸」とは、町家の入り口の戸のことである。間口が狭く奥に長く延びる「ウナギの寝床」スタイルが町家の特徴であるが、店舗スペースのすぐ横には「通り庭」と呼ばれる土間の台所があり、使用人は店と接近した場所で寝起きしていたから、店じまいした後でも窓や障子を通して灯りが外をほんのり照らすことが考えられる。江戸時代には常夜灯くらいしか街灯がなかったので、雨で緩んだ雪を照らす灯りは高輝度のものではなく、商家の町家の中にいる人の気配をうかがわせる程度のほんのりしたものだったと思われる。江戸時代の室内照明器具は、菜種油を用いた行燈であり（藤原千恵子編『図説 浮世絵に見る江戸の一日』）、決して明るいとはいえないが、それを囲んだ人々のざわめきを思わせるという点で、この句に詠まれた雪景色に暖かさを感じさせる要因となっているのだろう。

しかし、この句の秀逸さは「上京や」の初五によって達成された、「暖かな雪景色」だけにあるのではない。ほんのりと照らし出された夜の雪景色が審美の対象となる精神の背後には、「夜景」の発見という新たな動きが考えられるのではないだろうか。現代でいう「夜景」という言葉は江戸時代にはなく、当時の人々はそれを「夜色（やしょく）」と呼んでいた。夜が真っ暗闇の時代には、夜景を賞翫するという行為自体がそもそも成立しないはずである。和歌の伝統では月に照らされた雪を詠むことはあったが、人工の灯りで照らされた景色は江戸時代の都市部ならではの風物といえる。英一蝶（はなぶさいっちょう）が障子に映る夜の宴を描いた「四季日待図巻」について、佐藤康宏は次のように指摘している（『日本美術史』）。

> 夜間営業の歓楽街が発達し、灯火用の菜種油が比較的廉価で流通するようになった時代の新しい主題である。

十八世紀初め頃は、現代の夜景と似た人工の灯りに照らし出された夜景を、文芸の主題として「発見」した時代ということができる。「下京や」の句もまた、そうした「雪の夜景」を想定してはじめて味わいが深まると考えられる。

この「夜景の発見」を最も実感できるエポックメイキングな絵画作品が、与謝蕪村（よさぶそん）（一七一

「夜色楼台図」

六〜一七八三）による国宝「夜色楼台図」（個人蔵）であることは言をまたないだろう（図12）。「夜色楼台図」は、しんしんと降る雪と京都の東山の麓に建ち並んだ楼閣や二階家を墨で、建物の窓にともる灯りをほんのりとした代赭で表現した、まさに雪の夜景を描く絵画であった。一見すると冷え冷えとした雪のなかに窓々の灯りがほの暖かさを感じさせるという点で、「下京や」の句と通じ合うところがある。都市部の人工物と雪の取り合わせは、これまでの時代では生まれ得なかったといってよかろう。星野鈴が『蕪村の絵絹』で次のように論じている通りである。

> 蕪村の生まれ育ち生きた頃の時代は、今の私達の知っている夜という時間帯の発見の時代であったといえるのではないだろうか。人の手の生み出した灯火のともる江戸の夜は、それ以前の時代よりも神秘性が薄れた

図12　与謝蕪村

分人間的であり、不安さを多分に残しつつも、その中に安らぎの時空間をも内包するようになった。

絵画史や建築史の分野からも、十八世紀半ば以降には夜景を描く絵画が増加したことが指摘されている（天谷華子・山崎正史「絵画描写による夜間景観の見方に関する考察」）。なかでも注目すべきは、雪や雨が夜景画の題材として多く取り上げられているという、舟橋萌絵の研究である（「〈夜景画〉の誕生――北斎から広重へ」）。舟橋は安藤広重を夜景画の確立者としているが、広重以前の蕪村から、いや、芭蕉と凡兆の時代から、夜景へのまなざしは生まれていたと考えられる。灯りに白く浮かび上がる雪やきらりと光る雨足などは、深い闇にひときわ映える景物として、夜景の見せ所となっていたのである。「下京や」の句や「夜色楼台図」といった作品は、生まれるべくして生まれた十八世紀都市部の芸術だったといえるのではなかろうか。

俳人、画人、文人としてマルチに活動した与謝蕪村が、灯火という存在を俳諧に多く詠んでいることを、藤田真一は例を挙げてこう述べる(「灯火に寄せる情を名句に詠ずる」)。

窓の燈(ひ)の梢にのぼる若葉哉

野分止んで戸に灯のもるゝ村はづれ

窓や門戸から漏れくるともし火は、屋内の気配をたちどころに伝えてくれる。注目すべきは、灯火はウチを照らすだけでなく、ソトへと明かりが浮かび出ることである。人物の存在をあたたかく感じさせるのが、こうしたともし火にほかならない。

興味深いことに、蕪村は菜種油の生産地として知られる大阪毛馬村の生まれであり、人生の後半は京都下京に暮らした人物である。だから、灯火やそれが夜にもたらす効果に、人一倍関心を抱いていたのかもしれない。

少し「上京や」の句から離れるが、その後夜景は絵画史のなかで一つのジャンルを形成してゆく。江戸後期におけるその代表といえるのが、葛飾北斎の娘で浮世絵師の葛飾応為(おうい)(生没年

図13　葛飾応為「吉原格子先之図」

未詳)描く「吉原格子先之図」だろう(図13)。京大坂を超える大都市として繁栄した江戸の、夜の一大歓楽街である吉原の店先を描くこの作品は、屋内の行燈だけでなく屋外の提灯や看板提灯の灯りによって構成される光と影が美しい。見世出しの遊女をのぞき込む客のくろぐろとしたシルエットが印象的で、近代絵画と見まごうような斬新さである(矢島新「日本絵画の白と黒」)。西洋からの影響も勘案する必要はあるが、この光と影の対比は、幕末の小林清親(こばやしきよちか)らに受け継がれてゆくのである。

十八世紀は、それまでせいぜい月明かりによって認識されてきた夜の世界を人工の光によって解き放ち、新たな表現に落とし込んだ時代であった。それを踏まえて「下京や」の句を再び眺めることにより、絵画表現とリンクした江戸の文芸世界の輪郭がいっそう明確に立ち現れてくるといえよう。

あのひとの・よる

ある夜の事件

その事件は、正月早々出来した。

永享三年（一四三一）、年が改まった三日のことである。醍醐寺の院家、三宝院の僧・満済（一三七八～一四三五）の寵愛する稚児が何者かに斬りつけられたのである。時に、戌の終刻（午後九時近く）。夜も更けた頃である。稚児は数日の後死亡した。とかく世情不安定な室町時代にあっても、突然の傷害致死事件であった。

「昼強盗」の章でも犯罪における夜と昼の区別について述べたが、暗く、身元のしれない者たちが文字通り暗躍する夜の時間帯は、常に危険と隣り合わせである。しかし、夜とても所用があって出歩かなければいけない時もある。ここでは、そうした危険な夜に起こった事件を記した『満済准后日記』という日記を読んでみよう。

まずはあまりなじみのない満済という人物について、簡潔に紹介しておいたほうがよいだろう。満済は室町時代前期の真言宗の僧侶。といっても、室町幕府の将軍足利義満から絶大な信頼を寄せられて「准三后（じゅさんごう）」という特別待遇にまでなった、政治を宗教界から操る陰の立役者ともいわれた人物である。将軍の身辺安泰を祈禱する「護持僧」として活躍し、政治や外交問題の諮問も受けていた（森茂暁『満済――天下の義者、公方ことに御周章』）。

満済は『満済准后日記』と呼ばれる一連の日記をつけ続けており、応永十八年（一四一一）正月と同二十年から二十九年までと、応永三十年から永享七年（一四三五）までの自筆本が現存し、室町時代前期の基本史料となっている。その内容の多くは法会や儀式の記録であるが、当時の将軍家と各地の大名家とのかかわりなどが知られる部分も数多い。

このなかでも満済が個人的な感情を吐露している一条が、稚児である禰々丸（ねねまる）の受難である。またそこからは、室町時代の夜の日常にどのような危険が潜んでいたかが読み取れるようにも思うのである。本文は読みづらい漢文体で記されているので、そのいちいちを書き下しにするのではなく、なるべく原文を活かした拙訳で示しておく（『続群書類従　補一　満済准后日記』）。

今夜の午後九時ころ、禰々丸が妙法院からの帰りに、そこの小門において不慮のことに頭を斬られてしまった。言語道断の次第である。思いのほかのことで私がうろたえたのはいうまでもない。禰々丸は今年十一歳である。妙法院僧正の弟子であり弟分の稚児で、人柄容貌はたいそう人に勝っている。これはまったく魔障のしわざであろうか。ただただ愁いの涙を拭うばかりだ。彼は右耳の上を斬られており、疵口は三寸ばかりもあるだろうか。血が水のように流れ出ているのに、一切驚き動ずることはない。侍法師である祐尊（ゆうそん）がこれを抱きかかえ、まず部屋の傍らに寝かせた。

禰々丸は今年十一歳（数え年）ということだから、現代でいうとまだ九歳のいとけなさである。知らせを聞いた満済が慌てて駆けつけたことはいうまでもなかったが、禰々丸の傷は深かった。満済を目にした禰々丸の言葉は「死セムカナウ」（死せんかのう）で、満済は感情を抑えることができなかったようだ。

> 私は仰天してすぐに駆けつけたが、かわいそうで目も当てられず、呆然として何もできずにいると、稚児は私を見つけて嬉しそうにこう申した。「わたしは死ぬのでしょうか」。私は涙を抑えて、「そんなことは絶対にあるわけがない」と答えた。急な出来事であったし、夜間だったので、すぐに来てくれる近所の医者はなかった。観音堂の住僧を呼んで治療さ

せたが、この稚児はいささかも弱音を吐かず、ちゃんとうけ答えしてすべてが終わった。まさにありえないことである。この稚児は八歳のときから昼夜私の身辺から離れず、まるで影のように付き従った者である。もう何年一緒にいるか忘れてしまいそうなくらいだ。私は目から血がでるほど泣き悲しんだ。きわめて不運なことは、嘆いても嘆ききれないくらいである。

何の咎もない稚児に斬りつけるとは、どのような悪党の仕業だったのだろうか。そして、なぜ事もあろうに禰々丸が災難に遭わなければならなかったのだろうか。満済はすかさず犯人の追及を命じた。

いったい何者がこんなことをしたのか尋ねてみると、小童（こわらわ）が答えることには、「幸順寺の中間男（ちゅうげんおとこ）がやりました」という。方々に追っ手をかけて探索したけれども、行方がわからない。侍法師三、四人も追っ手に従わせたが、まったくわからなかった。

この後、正月五日の辰（たつ）の半刻（午前八時前後）に、禰々丸は亡くなってしまう。彼は葉室大納（はむろだいな）

言長忠卿の子息であった。稚児とは、高位の僧侶を師として仕える貴族の子弟で、しばしばその師とは恋愛関係にあったとされる。この禰々丸のように「丸」を名に持つのが通例で、元服の年頃になると実家に戻って跡を継ぐか、僧侶として独り立ちするかを決めるのである。十六歳にもなると薹が立ったといわれるほどで、稚児は女性にみまごう美しさと清らかさを併せ持った存在だった。犯人の目当てを小童が語っているところから見れば、禰々丸は小童をお供に連れ妙法院を訪れていたようである。

禰々丸はこの前年の永享二年(一四三〇)正月三日、満済と「引合」をおこなっている記録がある。

> 今日は節供で「引合」があった。門跡数代の嘉例である。私は禰々丸と引合をした。僧正以下おなじく児と引合をした。

「引合」とは契約の意味で、ここではおそらく男色の約束をいうのだと思われる。つまり、禰々丸は満済の正式な「愛童」と見なされていたのだ。禰々丸が被害に遭った背後の事情は『満済准后日記』に記述がないが、考えられるのは二つである。一つは、細川涼一が、時に美童をめぐって、同じ寺中の僧徒同士の闘諍に発展することもあった。中世寺院法にも、児はそのような闘諍の原因として登場する。

と述べているような(「中世寺院の稚児と男色」)、禰々丸をめぐっての横恋慕や嫉妬に発する諍いである。さすがに満済を手にかけることは出来ないので、禰々丸を襲った(あるいは襲わせた)のだ。ただ、深読みをすれば単なる恋愛感情のもつれからではないのかもしれない。「黒衣の宰相」と呼ばれるほどの影響力を持った人物である満済は、人と人との交渉事に長けていた反面、当事者から政治的な反感を持たれる可能性もあったのではないか。ならば、彼の寵愛する禰々丸を手にかけることで密かな叛意を表明しようとした、のかもしれない。犯人であるらしい中間がいる「幸順寺」という寺も、今のところ未詳である。

結局、この時代の政治状況などを勘案して史料を精査しなければわからないのだろうが、それにしても、思わぬ事件に周章狼狽する満済と、彼の姿を見て「歓喜の体にて」言葉を発した禰々丸のいとおしさが極めて深い印象を残す、ある夜の出来事だったことは間違いない。歴史のなかにふと浮かび上がるこんな夜の光景を数百年後の私たちが目の当たりにできるのは、満済が書き残しておいてくれたからなのである。

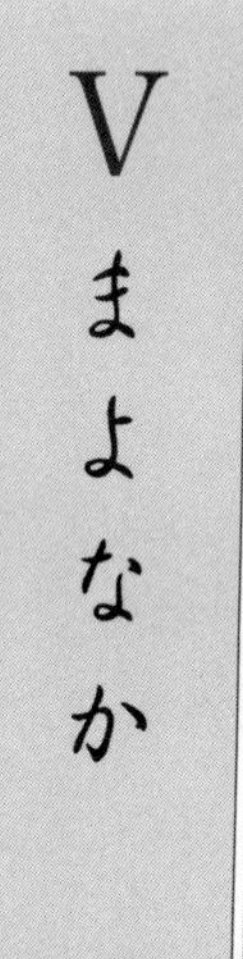

V まよなか

火影が映し出すもの

電灯が普及する明治時代以前には、日が暮れてしまうと頼れる灯りが菜種油の灯火くらいだったことはすでに見てきた。では、もっと前の時代はどのような灯りが人々のどんな暮らしを照らしていたのだろうか。『和漢朗詠集』には、灯火とともに長い秋の夜を過ごす様子を詠んだ漢詩が収録されている（角川ソフィア文庫、二三三）。

秋の夜長し　　夜長くして眠ることなければ天も明けず
耿々（かうかう）たる残りの燈の壁に背けたる影　　蕭々（せうせう）たる暗き雨の窓を打つ声

（秋の夜は長い。夜が長くて眠ることができず、空もなかなか明けない。明るい燃え残りの灯火を壁の方に向けて暗くした火影（ほかげ）、寂しく暗夜に降る雨の窓を打つ音）

詠み手は唐の玄宗皇帝の後宮にいた女性の一人「上陽人（じょうようじん）」と伝えられる。玄宗皇帝が楊貴妃ばかり寵愛してほかの女性を見返ることがなかったせいで、長い秋の夜が一層長く孤独に感じられるのである。この後の和歌に影響を及ぼした詩であるが、ここで注目したいのは「影」という語だ。居室の照明はひと筋のともしびであり、そこには必ず火影が出来る。その影はぽつんと壁に映る自分の影法師なのだ。

類似の発想は、『夫木和歌抄』に収められた大江千里の和歌に見出せる（『新編国歌大観』七九一一）。

「抱膝灯前影伴身」
ひとりして燃ゆる炎にむかへるは影をともなふ身とぞなりぬる

「雑部」に分類されているので恋の意味合いはなく、一人でいることの寂寥感を詠んだものと見られる。しかし、どんな時でも灯火がある限り我が身の影というもう一人の自分が随伴してくれるので、完全な孤独というのでもない。

辞書的にいえば、火影には二つの意味がある。一つはこのような人や物の影法師のことであり、もう一つは灯火に照らされた姿そのものを言うものである。影法師といえば、子どもの頃に「影踏み鬼」という遊びをした人があると思うが、岡本綺堂のホラー味あふれる名品「影を踏まれた女」を思い起こすまでもなく、自分の影法師を踏むことは禁忌すべきという意識もあったようだ。室町時代に下るが、『七十一番職人歌合』の第六十三番に、「影法師」という語の見える相撲取のこんな歌がある(新大系本)。

影法師みぐるしければ辻ずまふ月をうしろになしてねる哉

(民間でおこなわれる辻相撲では、自分の影法師を見たくないので月に対して後ろ向きに倒れることだよ)

相撲の取組みでわざわざ仰向けに月を見ながら倒れる、というのは、月の光で出来た自分の影法師を見ることがタブーとされていたからだと考えられる。これは「影法師」という語の古い例だが、影というものが自分の分身であるからこそ、それを直視するのを避ける、あるいは踏むことを恐れるのであろうか。影の禁忌には、そういった民俗学的な意味があったのかもしれない。

「影の薄い人」という言い方があるように、我が身の分身である影の消失は生命の危険を呼ぶという話が古来洋の東西を問わず書き継がれてきた。有名なものは、悪魔に影を売ってしまったがゆえに自分の存在が危機にさらされるという、ドイツロマン派のシャミッソーによる小説『影をなくした男』である。ほかにもシュトラウスがオペラ化した、ホフマンスタールの戯曲『影のない女』も知られるが、日本の古典文学には平安末期の『今昔物語集』にすでに見えている。その題名も、巻三十一ノ八「灯火に影移りて死にたる女の語」という。

ある女御に仕えている若い女房の小中将が、勤務中、自分とまったく同じ姿が灯火に映っているのを見てしまうという話である（新大系本）。

> 夕さり御灯油(おほむとなぶら)参らせたりける火に、この小中将が薄色の衣共に紅の単重て着て立てりける形・有様・体(てい)一つも替はらで、口覆したる眼見(まみ)・額つき・髪の下(さがり)ば、露違はずして移たりけるを見付て、女房達、「奇異(あさまし)く似たる者かな」など云て見騒けるに、……只集て見興じける程に、掻落してけり。

（夕方、油を注いだ灯火が、薄色(うすいろ)の衣に紅の単襲(ひとえがさね)を着て立っている小中将の姿を映し出した。その火影は口を覆った顔つきや額のあたり、髪の先などもまったく実物と変わらぬもので、それを見た同僚の女房たちは「よくもまあ似た者だこと」と言って騒いだ。……そのうちに、灯心を掻いて炎を小さくして火影を消してしまった。）

単なる黒い影法師ではなく、着ている衣や容貌までそっくりだったというから、先に述べた火影の二番目の意味合いであろう。またこれはドッペルゲンガーの出現ということもできる。ドッペルゲンガーを見たら死ぬ、という言い伝えはポーの『ウイリアム・ウイルソン』でよく知られる通りだ。この女房は同僚がうっかり火影を消してしまったため、この後ほどなく亡くなってしまうのである。『今昔』は説話の末尾で、このような場合の対処法を記して終わっている。火影が出来るのを避ける方法はないので、似たようなことはしばしば起こったのだろう。

然れば、火に立て見えむ人をば、その熵（ほそくづ）を搔落して、必ずその人にすかすべき也。亦、祈をもよくすべし。

（こういうときは、火影が映った人にはその灯火の燃え残りを掻き落として飲ませるべきである。また、よく祈禱もすべきである。）

灯火に映る影を分身とみれば、その影は極めてパーソナルなものであったと考えてよかろう。そのためか、物語の中には先に述べた火影の二つの意味が併存しつつ、男君が女君を垣間見したり、恋しく思い出したりする場面に現れることが多い。倉田実「狭衣物語の灯影と月影」によれば、『狭衣物語』では、

出会いや逢瀬での印象として映像的に刻印され、その印象が思い出の原点となったり、よすがとなったりして記憶されていく。

という。同じ「影」であっても、心理的・物理的な距離を象徴する「月影」などとは異なるのであり、倉田論を承けてほかの物語の用例を調査した市東あやによると、『狭衣物語』だけではなくほかの王朝物語でも同じ事情がうかがえるという(「中世王朝物語における「火影」——印象的表現をめぐって」)。火影に映った女性の姿は、会ったときの印象そのままに繰り返し回想されていくのである。

ここでは、『源氏物語』の特徴的な例を見てみよう。それは「空蟬(うつせみ)」巻で、若き光源氏と人妻である空蟬の物語のなかに現れている。空蟬の義理の息子である紀伊守の邸宅を訪れた源氏

は、以前一度だけ関係を持った空蝉のことが忘れられず、彼女と継子の軒端荻(のきばのおぎ)が碁を打っている場面を垣間見する(新全集本)。

灯近うともしたり。母屋の中柱に側(そば)める人やわが心かくるとまづ目とどめたまへば、……いま一人は東向きにて、残るところなく見ゆ。

(灯火が近く点されている所を見ると、母屋の中柱のそばにいる人が我が思い人だとまずは目がとまった。……もう一人は東向きに座っていて、その姿がくまなく見えている。)

軒端荻は碁に夢中で、しどけない姿を源氏にすっかり見られていることを知りもしない。この後、源氏は二人が寝ているところに侵入するのだが、気配を察した空蝉は逃げ、源氏は残された軒端荻と契ることになる。灯火の下で見たあらわな姿は、人違いと知ってもあらがいがたく一夜を共にしてしまった軒端荻のエロティックな魅力を強調するものである。源氏が空蝉の弟に手引きさせて寝所に入ったときも、次のようにほのかな火影に彩られた空間の描写があった。

灯明き方に屛風をひろげて、影ほのかなるに、やをら入れたてまつる。……かのをかしかりつる灯影ならばいかがはせむに思しなるも、わろき御心浅さなめりかし。
（灯火の明るく照らす方に屛風を広げて、火影がほのかな中に弟は源氏をお入れになる。……あの火影にみえたかわいい女ならば、それもかまわぬという気になるのも、相手を思いやらない軽々しいお心というものだろう。）

源氏は、いわばその場の勢いで軒端荻と関係したわけだが、その理由として火影に演出された異空間のマジックがあったと想像される。こうした『源氏物語』の火影の効果は、河添房江が「月影」に比してこう指摘する通りである（「光源氏の身体と装いをめぐって」）。

「灯影」は、もっと距離の近いかいま見や、恋人である女君を灯火の光で見る場面など、親密な関係にある女性の姿をエロティックにかたどるという印象が深い。

灯火の下で見る姿は、懐かしく恋しい思いを呼び起こす触媒として男性の記憶に残り続ける。こうした例は、ひとり物語だけではない。芥川龍之介が「偸盗」などに用いた『今昔物語集』

巻二十九ノ三「人に知られぬ女盗人の語」には、回想の中でひときわ印象的な女の火影が語られている。

偶然に盗賊団の一員となり美しい妻も得た男は、いくども盗みを働くが、あるとき妻も家も忽然と消え失せてしまうという不可思議な体験をする。犯罪に手を染めるしか生きる伝手がなかった男はついに捕縛されるが、尋問の過程でふと思い出す瞬間があった。

其れに、只一度ぞ、行会たりける所に差去て立てる者の、異者共の打畏たりけるを、火の焰影に見ければ、男の色ともなく極く白く厳かりけるが、頰つき・面様、我が妻に似たるかなと見けるのみぞ、「然にやあるらむ」と思えける。其れも慥に知らねば、不審くて止にけり。

(それが、たった一度だけ、盗みの現場で少し離れて立っていた者で、盗賊たちがかしこまっていたところを見るとおそらく首領だと思われるが、火の火影に見えた姿が男にしてはとても色白で美しく、我が妻に容貌が似ているなあと思っただけだったが、あれはやはり妻だったのだと思えた。だが、それも確証があるわけではないので、真偽はわからないままに終わったのだ。)

突然の妻との別れの悲しみと、妻こそが盗賊の首魁であったことへの驚きが、「火の焔影に見ければ」という表現に凝縮しているといえる。これは物語における垣間見の変形バージョンといってもよく、一瞬ほのかにしか見えない火影がかえって強烈な印象を残すということを物語っている。

火影に残された思い出は美しい。時にそれは、幻のようにはかない再会の場面でも効果的に用いられる。故あって別れなければならなかった妻のもとを、長い離別の後に訪ねてゆくという『雨月物語』の「浅茅(あさじ)が宿」においてもそうだった。戦乱に巻き込まれた勝四郎(かつしろう)がようやく妻・宮木(みやぎ)と暮らした下総の真間(まま)に帰ってくると、家は破却を逃れてそのままにあった（岩波文庫）。

家は故(もと)にかはらであり、人も住むと見えて、古戸の間(すき)より燈火(ともしび)の影もれて輝々(きらきら)とするに、他人(こと)や住む、もしその人や在(いま)すかと心躁(さはが)しく、門に立よりて咳(しはぶき)すれば、内にも速く聞とりて、「誰(たそ)」と咎む。

（自宅は前とかわらずそこにあり、人も住んでいるとみえて古戸のすきまから灯火の光がきらきらともれている。他人が住んでいるのか、もしかすると妻がいるかと胸がどきどきしながら、門のそばに行って咳をすると、戸内でも素早く聞き取って「どなた」と言う。)

声の主はやつれきった宮木だった。二人は奇跡の再会を喜びともに臥すが、目覚めてみるとうに崩れきった廃屋に寝ていて妻は見えない。実は、宮木は兵乱で死んでいたのだが、夫婦の情離れがたく霊となって勝四郎を待っていたのである。灯火が宮木の火影を映し出すという直接的な描写はないが、妻の待つあたたかな我が家を象徴するものとして灯火が択ばれたことは確かだろう。「輝々と」した灯火は、互いを求め続けた二人の心の慄(おのの)きと喜びを物語ってあまりある。

漢詩に詠まれた孤独から恋の思い出、そして夫婦のよろこびと悲しみまでを照らし出す、時代それぞれの灯火。今日もどこかでそっと燃え続けているのかもしれない。

離魂病と飛ぶもの

日本の化け物を愛した小泉八雲(こいずみやくも)が手元に置いて楽しんだ本の一つに、嘉永六年(一八五三)に刊行された天明老人編纂の『狂歌百物語(きょうかひゃくものがたり)』がある。「ろくろ首」や「狐火」「姑獲鳥(うぶめ)」といった江戸時代の黄表紙で有名な化け物や怪異現象を詠んだ狂歌をセレクトし、挿絵入りで版本にしたものである。題名は、夜に数人が集まって怪異な話をし合う「百物語」の趣向にならっているが、収録されている化け物は百に満たない。怖いというより滑稽味あふれる、いかにも江戸好みの楽しい本である。

八雲はここからいくつかの項目を選んで狂歌を英訳し、一九〇五年に「Goblin Poetry」(「化け物の歌」)と題して公刊しているが(*The Romance of the Milky Way & Other Studies & Stories.* 日本語題名は『天の河縁起その他』)、八雲の手元にはそれらに添えられた自身の手になる戯れ書きのような絵が残されている。その全容は、八雲の子息である小泉一雄によって『小泉八雲秘稿画本妖魔詩話』に復刻されている。粗末なノートにペンで描かれた絵は『狂歌百物語』への八雲の偏愛を物語っているが、興味深いのは、それらが必ずしも原典の挿絵に沿っていないことである。かつて私は「船幽霊」の絵の原典との違いについて論じたことがあるが(「八雲の描いたお化けの絵――『妖魔詩話』をめぐって」)、この章では「離魂病」の絵を取り上げてみたい。

「離魂病」とは、別名「影の病」という怪異現象のことである。その病に取り憑かれると、人は知らぬ間に分身を現じるという。『狂歌百物語』の挿絵にはうり二つの娘の姿とそれに驚く女中が描かれており、前章でも触れた「ドッペルゲンガー」と同じものと見られる(図14)。ところが、八雲の絵にはそうした分身の表現はまったく見られず、蝶か蛾のような昆虫や髪を振り乱した首が描き込まれているのだ(図15)。八雲が「離魂病」をどのように解していたのかがこの絵からわかるが、その絵はなぜ『狂歌百物語』の挿絵と甚だしく齟齬しているのだろうか。

まずは虫の絵から考察していこう。『妖魔詩話』を編纂した小泉一雄はこれを次のように評している。

離魂病の章中、怪し気な眼模様のある翅を持った蝶の絵が描いてあります。離魂病とは何

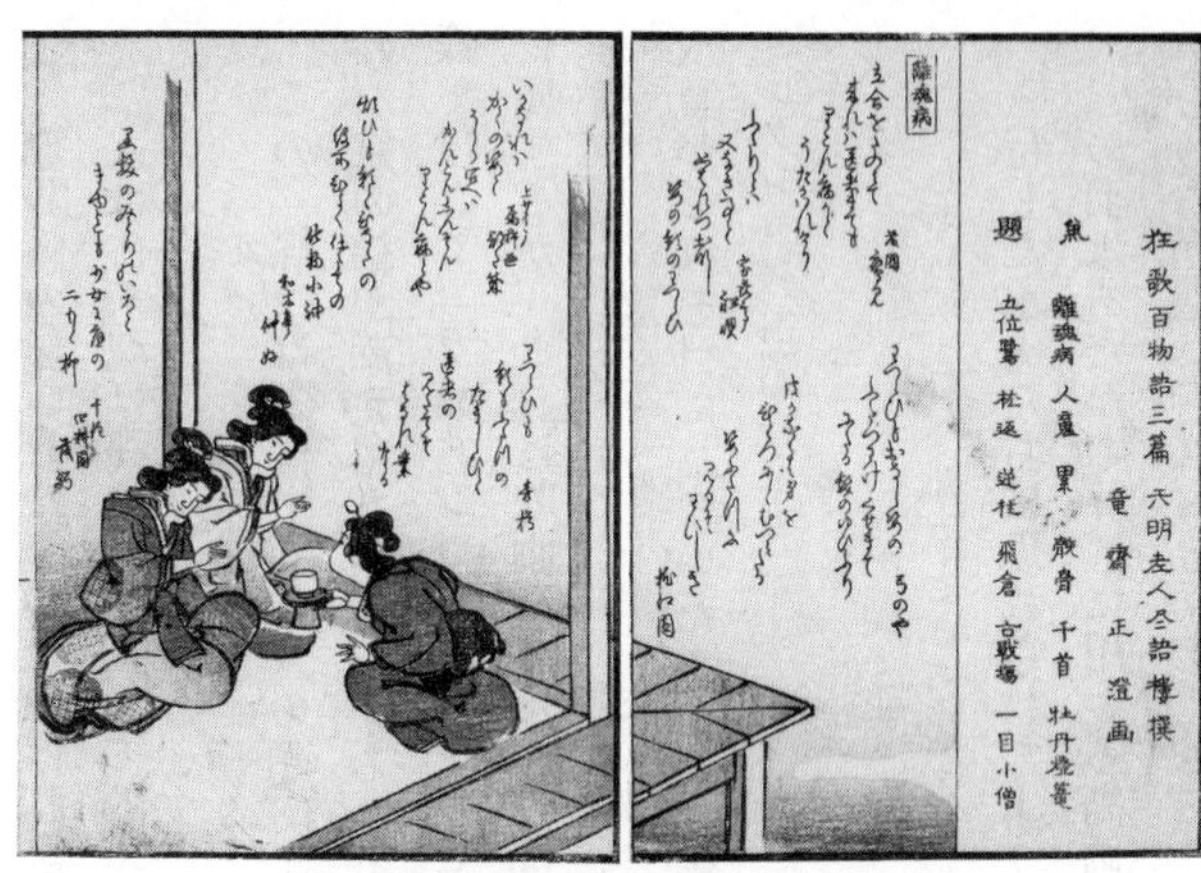

図 14　天明老人編纂『狂歌百物語』「離魂病」

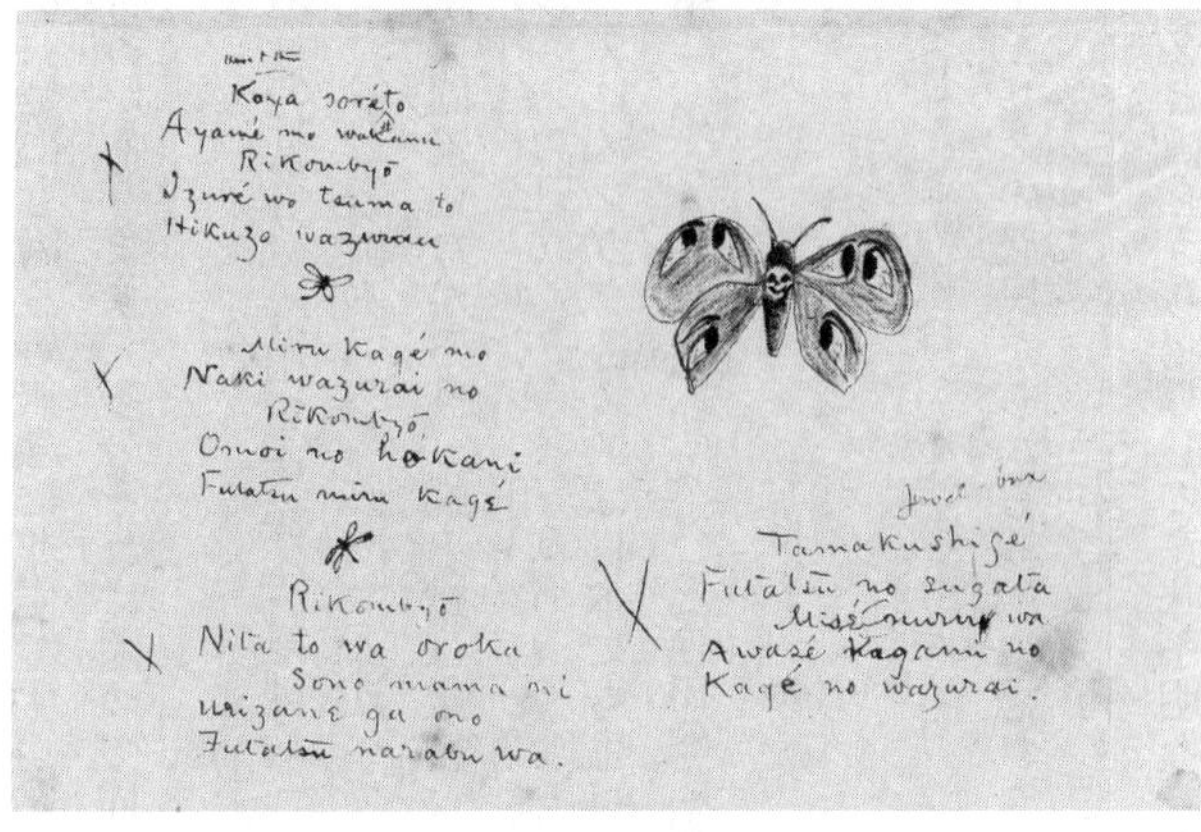

図 15　小泉八雲『妖魔詩話』「離魂病」に描かれた蛾

等関係の無い戯絵の様に想はれませうが、是にも因る処無きに非ずです。と申すのは、欧人は古来魂は蝶の形に変じて飛ぶとの言習がありますゝ。多分それに因つて描いたのでせう。

この「蝶」は胴体中央に人の顔のような模様があり、寺田寅彦が「「離魂病」のところに奇妙な蛾の絵が添えてあったりするのも」(「小泉八雲秘稿画本『妖魔詩話』」)と述べているように、蝶ではなく「クロメンガタスズメ」という蛾で間違いなかろう。蝶と蛾は厳密に言えば同じ科に属するが、これは映画『羊たちの沈黙』のメインビジュアルに用いられた、体にドクロ模様を持つとされる不吉なイメージの蛾である。クロメンガタスズメは日本にも生息しているが、八雲がこれを目にしていたことは「蝶の幻想」からうかがい知られる(池田雅之編訳『小泉八雲コレクション　虫の音楽家』)。

「しゃれこうべ蛾」という恐ろしい形相をしたこの蛾は、かまきりがカリブ海を初めて航行した水夫たちに恐れられたように、イギリスの農民たちから極端に恐れられていた。その羽はあたかも葬儀に用いる高価な飾りで彩られており、背中には、朽ちてゆく人骨のような黄色い色で、空洞の眼窩と、カタカタと歯をうち鳴らして意味不明なことを口走るぞっとするような骸骨の輪郭が、くっきり描かれている。

小泉一雄が指摘しているように、八雲はこの蛾を浮遊する人間の魂と見なして描いたと思われるが、八雲自身、『怪談』に収録された「安芸之介の夢」で、昼寝中に魂が身体を抜け出して蝶となり別世界の体験をするという話を書いている。大和の国に住んでいる郷士、宮田安芸之介は蒸し暑い日に庭の木の根元でうたた寝をしている間に、大国に仕えて出世し国王の娘を娶って幸せに暮らすという夢を見る。夢から覚めた後、一緒にいた郷士から安芸之介はこう告げられるのである（南條竹則訳『怪談』）。

「いかにも不思議なものを見たな。君がうたたねしている間、我々も不思議なものを見たよ。小さな黄色い蝶が、君の顔の上をしばらくひらひらと飛びまわって、我々はそれを見ていたのだ。そのうち、蝶は君のそばの地面に、あの木に近くに舞い下りたが、そこへ下りたとたん、大きな大きな蟻が穴から出て来て、つかまえて穴へ引きずり込んだ。……」「たぶん、あれは安芸之介の魂だったんだろう」ともう一人の郷士が言った——「僕はあれが安芸之介の口の中に飛び込むのをたしかに見た。」

安芸之介が体験したのは、すべて蟻の世界でのことだったのだ。生きている間でも魂が知らぬ間に体を抜け出すことがあったというのは、魂と身体とがややもすれば分離してしまうものであること、そして魂は蝶のように飛ぶものなのだという八雲の認識を語っていよう。これはいわば魂と身体との分身現象ということもできる。

八雲は「虫の研究」というエッセイも残しているほど虫に造詣が深かった。その中に、蝶と魂にまつわるくだりがあるので引用しておこう（南條竹則訳『怪談』）。

蝶に関する日本人の奇怪な信仰のあるものが中国に由来するということはあり得るが、こうした信念は中国そのものより古いかもしれない。わたしの思うに、もっとも興味深いのは、生きた人間の魂が蝶の形になってさまようという考えである。……しかしながら、日本人の信念に於いては、蝶は生きている人間だけでなく、死んだ人間の魂でもあり得る。実際、魂は最後に肉体から離れるという事実を告げるため、蝶の形になる習慣があり、それ故に、蝶が家に入って来たら親切に扱わねばならなかった。

ところが、八雲がいう「蝶に関する日本人の奇怪な信仰」は、意外なことにあまり古い時代までは遡らない。日本の古典文学の中に蝶（あるいは蛾）が魂の表象として登場するものは、鎌倉初期の『発心集（ほっしんしゅう）』第一ノ八「佐国（すけくに）、華を愛し、蝶となる事」くらいしか見えず、これとて花に愛着を覚えすぎた佐国が死後蝶になるというだけの話で、魂について語られることはないのである。魂が蝶となって飛ぶという信仰、あるいは俗信を、八雲はどこから知ったのだろうか。

たしかに、日本では蝶ではないが魂が体を抜け出て飛び歩くという記述がないわけではない。たとえば、平安時代の藤原能宣（ふじわらのよしのぶ）の歌集には次のような和歌がある（「能宣Ⅰ」『私家集大成』三二八）。

恋ひわびてよなよなまどふわがたまはなかなか身にもかへらざりけり

また、『伊勢物語』第百十段でも魂が身を離れてさまようという和歌が読まれている（新全集本）。

むかし、男、みそかに通ふ女ありけり。それがもとより、「今宵夢になむ見えたまひつる」

といへりければ、男、

思ひあまりいでにし魂のあるならむ夜ぶかく見えば魂結びせよ

（昔、男がひそかに通っている女があった。その女のもとから「今夜、あなたのお姿を夢に見ましたよ」と手紙で言ってきたので、男はこのように返事した。

あなたを思うあまり、私から抜け出た魂があるのでしょう。夜が更けてまた夢に見えたなら、魂結びのまじないをしてください）

これら平安時代の例は、恋しい人に会いたい気持ちが高じて魂が生き身を抜け出るという点に注目される。魂は強い思いによって身体と分身現象を起こすというわけである。だが、「飛ぶ」という要素だけは蝶と似ているものの、ギリシャ神話のプシュケのように魂と蝶が同一視される話は、日本の古い例に見出せないのである。

もう少し「飛ぶ」という点に言及しておくと、八雲は『怪談』に収録されている「ろくろ首」で、江戸時代に周知されていた首が伸びるろくろ首ではなく、首が体から抜け出して飛ぶ、いわゆる「抜け首」の怪異を著していることが気にかかる。諸国回遊の僧である回竜は、宿を借りた家で「抜け首」に遭遇することになるのだが、八雲はそれを、「これは妖怪の見せる幻だ。さもなくば、わしはろくろ首の棲家におびき寄せられたのだ……」と記すのである。八雲の中では、「ろくろ首」と「抜け首」が意識的にか混同されていると考えられる。ちなみに『妖魔詩話』では、首が長く伸びる「ろくろ首」の狂歌と絵は別項目として立てられている。

さて、「ろくろ首」ではこの引用の直後に「『捜神記』に書いてあるが」と明示されている通り、寝込んだ人間の首だけが耳を翼のように動かして飛ぶ中国の「飛頭蛮」に関する『捜神記』の記事を八雲が読んでいたことは確かである。八雲が蝶そのものではないにしろ、夜、人間が「飛ぶ頭」と「飛ばない体」に分身するという話に興味を抱いていたこと、それを離魂病の分身に重ね合わせていたことがうかがえる。さらに、飛ぶ頭は西欧的な魂の表象である蝶とダブルイメージされ、ドクロをまとうクロメンガタスズメの不気味な絵へと結実したのではないかと考えられる。

ここで再び、蝶の問題に立ち返ってみよう。魂が蝶となって抜け出すという話が『荘子』「斉物論篇第二」にあるのはよく知られており、日本というよりむしろ中国に多く見出すことができるようである(岩波文庫、金谷治訳注)。

むかし、荘周は自分が蝶になった夢を見た。楽しく飛びまわる蝶になりきって、のびのびと快適であったからであろう。自分が荘周であることを自覚しなかった。ところが、ふと目がさめてみると、まぎれもなく荘周である。いったい荘周が蝶となった夢を見たのだろうか、それとも蝶が荘周になった夢を見ているのだろうか。

これはまさしく「安芸之介の夢」の典拠と見なしても不思議でないくらい内容が合致している。現在、富山大学附属図書館に「ヘルン文庫」として所蔵される八雲の蔵書には『荘子』が含まれていないようだが、八雲が『荘子』のこのくだりを知っていた可能性は、別の角度から示唆されうるのである。

「*Exotics and Retrospectives*」(『異国趣味と回顧趣味』)に収録されている「A Question in the Zen Texts」(「禅書の問答」)は、八雲が友人から「Mu-Mon-Kwan」(『無門関』)の漢字で書かれた版本を示され、そこからいくつかの話を抜き出して英訳した作品である。この中の「The Story of the Girl Ting」(「倩娘の物語」)は、「倩女離魂(せいじょりこん)」として『無門関』の第三十五則にあげられているものに付随する物語に該当する。『無門関』は十三世紀成立の中国の禅公案集であり、八雲が禅について関心を寄せていたことも興味をそそられる。

「倩女離魂」のあらすじを簡単に示すと、このようなものである。

倩女はいとこの王宙と幼い頃から結婚を誓い合っていたが、成長後、父親が高い身分の男と結婚させようとした。怒った王宙は故郷を離れることを決め出発したところ、倩女が追いかけてきて、二人は別の土地で子をなし幸せに暮らした。六年がたった時、夫婦が倩女の両親に会いに故郷を訪れると、倩女の父は困惑した。もう一人の倩女がずっと寝たまま眼を覚まさない状態でいるのだという。二人の倩女は近づくと突然一人に融合してしまった。倩女が言うことには、夢で自分は王宙の後を追ったのであると。「王宙を追っていったわたしと、家にいたわたし、どちらが本当のわたしなのかはよくわかりませんわ」。

八雲が英訳した「倩女離魂」が、『狂歌百物語』の「離魂病」を訳するときに大きな影響を及ぼしていることは、八雲自身が「化け物の歌」で「禅の一問」の「倩女離魂」に言及しつつ注していることから明らかである（大谷正信ほか訳『小泉八雲全集』第七巻）。

支那でも日本でも、恋が起こした烈しい悲哀か熱望かの力によつて、それに悩まされて居る人の霊が、肉体外の魂を造ることがあると想像されて居たものである。

たとえば次の狂歌は、こうした「倩女離魂」の内容を踏まえて選ばれた例と思われる。

長旅の夫を慕ひて身二つに　なるは女のさる離魂病

八雲は『狂歌百物語』の英訳に際して「倩女離魂」の物語を念頭に置いていたのだ。しかし一方で、「離魂病」の絵をノートに描いたときに彼の脳裏にあったのは「飛ぶ魂」と蝶のイメージであったということになろう。これらは、「倩女離魂」の話を介してつながってゆく。

ここでもう一度、『荘子』を思い出していただきたい。「いったい荘周が蝶となった夢を見たのだろうか、それとも蝶が荘周になった夢を見ているのだろうか」という箇所は、「倩女離魂」の末尾にある「王宙を追っていったわたしと、家にいたわたし、どちらが本当のわたしなのかはよくわかりませんわ」という文言に酷似しているのである。ここに蝶と分身という補助線を引くならば、八雲が「離魂病」にドッペルゲンガーと「飛ぶ魂」という二つをダブルイメージしていたことが理解されるのである。分身現象に関心が深かった八雲にとって、「夜の蝶」と呼ばれる蛾の不気味な羽ばたきは、自分が知らないうちに別のものに変じる恐怖を表すものだったのかもしれない。

なお、小泉八雲と禅や中国の資料との関係は今まであまり研究の蓄積が見られないように思われるが、専門の研究者によってさらに追究がなされるべきであろう。

こわい嫁入り

狐火や髑髏に雨のたまる夜に　　蕪村

野ざらしの髑髏からあふれる雨、水面に映った狐火が夜目にぼんやりにじんで見える……。蕪村が詠んだ凄絶でいてほのかにユーモラスな句は、狐が火をともすことができるという伝承にもとづいたものである(岩波文庫『蕪村俳句集』七〇六)。狐が火と深い関係があることは、『鳥獣人物戯画』で尻尾の先に火をともしあたりを照らす狐が描かれることからも知られる。また、連歌の付け合いが列挙される『連珠合璧集(れんじゅがっぺきしゅう)』にも、

狐とあらば……火をともす……ばかす

と見える通りだ（中世の文学『連歌論集 一』）。こうした狐火はしばしば連なって行列をなし、「狐の嫁入り」と呼ばれる怪異な現象を引き起こすことがあった（日野巌『動物妖怪譚 下』）。なお、「狐の嫁入り」は晴天なのに雨が降るという現象を指すこともあるのは周知の通りである。

> 狐の嫁入には大抵提灯のようなものをつけている。この光りが一里も間断なく続いて遠方に見えるという。この光は所謂狐火で口から吐く気が光るなどという。

江戸時代の随筆には、しばしばこうした「狐の嫁入り」の目撃談が書き残されている。日野の著書に引用されている『江戸塵拾』から一例を紹介しておこう。

> 宝暦三年秋八月の末、八丁堀本多家の屋敷にて狐の嫁入あり。……日暮よりも諸道具をもち運ぶ事夥し。上下の人幾人といふことなく行違ひ〳〵賑ひしが其の夜九ツ前とおもふ比、提灯数十ばかりに鋲打の女乗物前後に数十人守護していかにも静かに、本多家の門に入る。隣家より見る所、其の体五六千石の婚礼の体なりし。

（宝暦三年秋八月の末、八丁堀本多家の屋敷で狐の嫁入りが目撃された。……日暮れ時からいろいろな嫁入り道具が運ばれることがあった。身分の上下をとわない数多くの人があちらこちらに行きかって騒がしかったが、午前零時になる前かと思われる頃、数十の提灯が鋲打でこしらえられた女乗物の前後を守り、静かに本多家の門に入っていった。隣家から見ると、その様子はまるで五、六千石の家の婚礼のようであった。）

狐の嫁入り行列が入っていった本多家がその後どうなったのか興味をそそるが、これ以上のことは書かれていない。さて、こうした怪火の行列を「嫁入り」と呼ぶのは、なぜなのだろうか。「嫁入り」はおめでたいハレの儀式であるにもかかわらず、狐などの怪しいものと関係づけられる背景には何があるのだろう。

まず、江戸時代の婚礼がおこなわれる時間帯を知る必要がある。『南総里見八犬伝』で知られた戯作者、曲亭馬琴は、『馬琴日記』に一人息子である興継の婚礼次第を詳しく書き残している。嫁に来たのは、のちに目を悪くした馬琴の口述筆記をすることになる「みち」である。その様子を、田中優子は『江戸の恋――「粋」と「艶気」に生きる』でこう解説している。

日が暮れかかる頃、お嫁さんは駕籠に乗って馬琴の家に到着する。……宴会は午前三時頃まで続いた。……嫁入りは日暮れに行われるので、提灯に火がともされる。

「葬送の夜」の章では葬礼が夜におこなわれたことを述べたが、婚礼も同じようだ。人生の節目に当たる儀式は、オフィシャルでありながらパーソナルな側面も大きいため、限られた人々の間でおこなうということだろうか。森下みさ子によると、婚礼が夜におこなわれたことはその行列を描く図からもわかるという(『江戸の花嫁――婿えらびとブライダル』)。

興味深いのは、嫁入り行列を描き出した図の多くに、蠟燭、提灯の類いが描き込まれていることである。あわせて、「お先静かに」といったせりふが書き込まれていることもある。これらのことを考え合わせるとき、嫁入りの行列が少なくとも灯火を必要とするくらいの時刻に行われていたこと、またしずしずとなされていたことがしのばれる。嫁入りの時刻に関しては必ずしも統一されていなかったが、延宝(一六七三～八一)のころまでは暮六ツ(午後六時)から夜半にかけてであったのに、享保(一七一六～三六)あたりから白昼行われるような例もでてきているという。

夜に婚礼をおこなうことの由来は、江戸時代の有職故実家である伊勢貞丈の『婚例法式 上』「婚入之部」に説明されている通りである（東博デジタルライブラリー）。

> 婚入の刻限は夜にて候。されば門火をたき御料人御輿よりおりられ候時、女房衆、紙燭をとぼし出むかひ候。男は陽、女は陰、昼は陽、夜は陰なり。女を迎ふる祝儀成故、夜を用るなり。されば、婚の字は女へんに昏の字を書く也。昏はくらしと読みて、日暮れの事也。
> （婚礼の時刻は夜でございます。ですから、門火をたいて嫁が輿から降りられるとき、女房たちは紙燭を点してお出迎えするのです。陰陽の考え方では、男は陽、女は陰、昼は陽、夜は陰であるから、女を迎える儀式なので夜におこなうのです。だから、「婚」の字は女偏に昏と書くのです。昏は「暗い」という意味で、日暮れのことをいいます。）

陰陽が和合して夫婦になるという考え方は江戸以前からあるが、伊勢貞丈のような説明のしかたは結婚の形態が嫁入り婚になってからのもので、通い婚が嫁入り婚へ移行したのは一般的には室町時代以降と見られる。この「嫁入り」に関して、倉本四郎と荒俣宏が対談のなかで興味深い指摘をおこなっている。「嫁入り」という儀礼そのものが持つ異形的な側面がそれであ

図 16　「化物婚礼絵巻」より

る。二人は熊本県八代市の松井文庫に蔵される「化物婚姻図」を見ながら話を進めている（倉本四郎『鬼の宇宙誌』第十六章）。「化物婚姻図」とは江戸時代に生まれた絵巻で、その名の通り化物たちの見合いから結婚、そして出産までを描くものだ（図16はその同系統の絵巻）。もちろん、これが人間の婚礼のパロディであることは言うまでもない。

倉本　嫁入りじゃなくて鬼入り。嫁入りは鬼入りである。
荒俣　鬼入りですね。さっきもいいましたが、いかに鬼が入ってくるか、という儀式が結婚式というものであった。

森下はこの対談に触発され、「嫁」が外からやってくる異類であり、婚礼とはそれが共同体に迎え取られる儀式であると論じている。

夜陰をくぐって火をゆらめかせながらしずしずとつづく道具の

列は、なるほど器物の化物たちの行列と、江戸人の想像力の圏域において難なく結び付いたことだろう。他所から入り込んでくる嫁も、俄に異類の様相を帯びるに相違ない。のち、嫁にかぶせられることになる角かくしも、文字どおり嫁を鬼とみなす思考をあとづけていようか。

興味深いことに、森下が「嫁」の異類性に注目しているのとは反対に、宮田登は「嫁」自身の心理状態に焦点をあてている(「化物嫁入のフォークロア」)。

「嫁入」ということは、体験する女性にとって、人生の一大事である。とくに永年住み慣れた親許を離れ、次の新たな婿方の家に入家する。二つの世界を往来するわけで、象徴的にいえば異界に旅立つ時間と空間を移動することになる。それは具体的には嫁入の行列になるが、そこで次々と危険が迫ってくるという実感が深層心理としてあるのではないか。全身を白無垢に包み防御し、角隠しで頭部を覆い、危険な境界を通過する。

視点の方向性は異なるものの、「嫁入り」という儀式が日常の埒外にあり、何らかのかたちでたやすく異類の世界と交渉を持ちうるとされるのは、あやしいものたちが跋扈する人間にとって危険な夜の時間帯におこなわれるからだとわかる。人ならぬ異類の婚礼が生み出された背景には、夜の行列という要素が深く関わっているのである。また、怪火が列をなすさまを「狐の嫁入り」と呼ぶ伝承や、婚礼ではないが夜の異類の行列を描く「百鬼夜行絵巻」も、こうした「嫁入り」儀式から発想された可能性がある。夜の嫁入りに欠かせない提灯が狐火を髣髴とさせるのも、直接的な理由となるだろう。

「狐の嫁入り」については、徳田和夫が次のように述べているのも参考になる（「『婚怪草紙絵巻』、その綾なす妖かし」）。

そこで「狐の嫁入り」の成立には次のような経緯が考えられる。人間社会での婚礼は通常、日暮れてからおこなわれていた。また、異類（＝妖怪）は深夜に跋扈するものとされてきた。その現実の嫁入りの行列のさまに、異類の跳梁する風景が重ねられた。この心象には、夜間での田楽の群舞や、祭礼等の風流（ふりゅう）における奇抜な仮装行列も作用した。

夜の行列の異様さが芸能や祭礼ともつながるという指摘は興味深く、それらが街頭でさかんに催された室町時代はまさに「異形の行列」を生み出す土壌を持っていたのだといえるかもしれない。

では次に、「嫁入り」の異形性を極端なまでにデフォルメした御伽草子の『鼠の草子』を見てゆこう。清水寺で美しい姫君を見初めた鼠の権守（ごんのかみ）は、人間のふりをして婚礼にこぎつける。姫は相手が鼠とも知らず、豪勢な婚礼の行列をなして鼠の権守の屋敷へやってくる（『室町時代物語大成』第十巻）。

やうやう、夜もふけゆけば、時もよき頃とて、権守こそ、まいられけれ。しき三献を、はじめつつ、十一献までこそ、参りけれ。そののち、ともしびかすかにして、侍従の局を、はじめつつ、まち女房、あやめのまへ、あるじの女房になりつつ、あんなひしやして、われわれの、つぼねへこそ、いられけれ

（ようやく夜もふけてきたので、いい時分だと鼠の権守がやってきた。姫と三三九度の杯をはじめとして、十一献まで杯を交わして末長きことを誓った。そののち、灯火を暗くして、侍従の局をはじめ、まち女房のあやめの前が主たる女房になり、姫と権守を寝所に案内し、各自もそれぞれの局に入った）

図17　赤本『狐の娵いり』より

時刻が書かれているわけではないが、夜が更けてから権守が婚礼の座についていることから、姫君の嫁入りはやはり夕刻から夜にかけてであったろう。これは、鼠の権守が人間の作法をまねたからである。だからこそ、姫君はしばらくの間夫の正体に気づかなかったのだ。あるときふと、鼠の姿をのぞき見るまでは……。

江戸時代になると、異類たちはおおっぴらに嫁入り行列をおこなうようになってゆく。十返舎一九(じっぺんしゃいっく)の草双紙である「化物嫁入」(アダム・カバット編『江戸化物草紙』)には、「すでに婚礼の日となり、嫁入に馴れたる狐を頼みて、何かのことをまかせける」とあり、狐の嫁入りが周知されていたことがわかる。ここには、種々多様な化物たちのお祭り騒ぎめいた嫁入りがにぎにぎしく展開されている。

子どもたちに親しまれた絵本である赤本の「狐の娵いり」(小池正胤ほか編『江戸の絵本――初期草双紙集成Ⅲ』)にも、狐どうしの婚礼が絵を中心に楽しげに描かれる(図17)。行列には提灯持ちの狐の姿が見え、列する狐たちの「静かに静かに」、「お輿がお入りじや、静かに静かに」といったせりふが書かれているのは、寝静まった人間たちに気づかれないための配慮でもある。つまり、夜と昼の世界が截然と棲み分けられ、異類たち自身も夜はもっぱら自分たちが活動する時間帯だと了解しているということになる。人間に遠慮しながらも、夜の時空間を謳歌する異類たちは、そのぶんだけ心置きなく楽しんでいるように見える。読者の子どもたちも、狐たちと同じように楽しんだことだろう。

もちろん、夜の世界は永遠に続くわけではない。人間が活動を始める時間になれば、異類はいったん撤退する必要があった。「化物婚姻図」や、それに基づいて作られた「化物嫁入」は、近世の「百鬼夜行絵巻」諸本のいくつかがそうであるように、朝日の出現に驚いて立ち去ってゆくことになる。こうして夜が去り、また朝がくる。異類と人間は循環する一日の時のなかで、たがいにあるじの座を譲り合って生きてきたのである。

「鬼」のいる時間

あのひとの・まよなか

あのひと——、いや、あのひとは適当ではなかろう。それはときに「鬼」、またあるときには「霊」などと呼ばれる存在であった。『今昔物語集』巻二十七(新大系本)には、そういった存在が正体不明なものも含めて数多く登場している。これは、そうしたものたちの夜の活動を切り取った断片である。

小松天皇(光孝天皇)の時代、八月十七日の月の明るい夜、「それ」は人間の男に化けて宮中の武徳殿そばにある「宴の松原」という広場で女を襲った(同巻第八話)。道行く三人の女のうちの一人が松の木の下にいた男に声をかけられた。木陰で何か話し合っている女を残りの二人が待っていると、いつの間にか話し声も聞こえなくなっていた。あやしんだ二人が木の下をうかがってみると、男女の姿は影も形もない。だが、闇に目をこらしてよくよく見ると……。

ただ、女の足手ばかり離れてあり。
（ただ、女の手足だけがばらばらと散っていた。）

慌てて近くにある衛門の陣に駆け込んだのであった。人々はこの事件をこう断定した。

これは、鬼の、人の形となりてこの女をくらひてけるなり。
（これは、鬼が人の姿に化けて女を喰ったのである。）

この話の典拠は『日本三代実録』仁和三年（八八七）八月十七日条であるが、なぜ、月が明るいとはいえ女三人が人気（ひとけ）のない場所を歩いていたのかという状況が不可解である。何となく中国志怪小説のおもむきを感じるものの、源泉となる漢文文献がわかっているわけでもない。ただ、こうしたあやしい存在を日本では「鬼」と呼んだのである。

夜、とくに真夜中はこうした危険なモノと遭遇する時間帯であった。前章でも触れたように、人は昼と夜とでそうしたものと棲み分けをしていたので、相手の支配する時間を侵犯するような行為をすると、何が起こっても仕方ないこととされたのだ。『今昔』はこの話の最後を、「だから、女はそういった人気のないところで知らない男に声をかけられたりしたら、細心の注意を払わなければならないのだ」と結んでいる。つまり、悪いのは注意を怠った人間の方とされたのである。

いつの時代かわからないが、また別のときのこと（同巻第九話）。太政官には「朝庁」といってまだ暁に官庁に出勤する習慣があった。ある弁官の四等官が遅刻してしまい、急いで参ったところ、先に来ているはずの上官の気配がなかった。火も消えている。下仕えの者に火をともさせて官庁の中に入ったところ、目に入ったのは……。

弁の座に赤く血肉なる頭の髪所々に付きたるあり。
（弁官の座っていたところには、髪が所々に残っている血みどろの頭だけが残されていた。）

この事件以来、「朝庁」という早朝勤務は停止されたという。

「鬼」と呼ばれるモノは、これらのように人を襲い、喰らうとき、体の一部を必ず残していく。すべてを喰らうことも可能であったかもしれないのに、そうしないのは、人間に惨事を発見されることを期待し、自分がおこなったことの証拠を残すためだったと思われる。残された遺体の一部を目にした人間たちは、あやしいモノたちの時間を侵犯したいましめとしてそれを受け止め、いささか内容とは不整合にも思われる教訓を説話の最後に配したのである。近づいてはいけない場所や時間帯などの情報は、こうして広まったのであろう。

煌々とした電灯で照らされる夜が当たり前でなかったころ、人とモノはいわば共存共栄していたといえる。地続きの異界が広がる世界に、わたしたちの祖先は生きていたのだ。

夜が終われば、モノは舞台から去る。

そして今日もまた鶏が鳴き、一日が始まるのだ。

読書案内

一　使用したテキスト

新日本古典文学大系(岩波書店)　『枕草子』『宇治拾遺物語・古本説話集』『今昔物語集』『梁塵秘抄』『とはずがたり』『落窪物語』『紫式部日記』『更級日記』『狂言記』『舞の本』『中世日記紀行集』『徒然草・方丈記』『七十一番職人歌合』『芭蕉七部集』

新編日本古典文学全集(小学館)　『伊勢物語』『沙石集』『源氏物語』『大鏡』『栄華物語』『竹取物語』『無名草子』『連歌論集・能楽論集・俳論集』

日本古典文学大系(岩波書店)　『太平記』

日本古典文学全集(小学館)　『日本霊異記』『謡曲集』

新潮日本古典集成(新潮社)　『狭衣物語』『古今著聞集』

角川ソフィア文庫　谷知子『カラー版 百人一首』、三木雅博訳注『和漢朗詠集』、川村裕子訳注『新版 蜻蛉日記Ⅰ』

講談社学術文庫　宮尾與男訳注『きのふはけふの物語』

岩波文庫　中村通夫・湯沢幸吉郎校訂『雑兵物語・おあむ物語』、長島弘明校注『雨月物語』、中村元・早島鏡正・紀野一義訳注『浄土三部経 下 観無量寿経・阿弥陀経』、尾形仂校注『蕪村俳句集』、花山信勝訳注『往生要集』、纐原退蔵校訂『去来抄・三冊子・旅寝論』、今村与志雄訳『唐宋伝奇集 下』

『万葉集』は『国歌大観』(角川書店)、その他和歌集は『新編国歌大観』(角川書店)、『私歌集大成』(明治書院)、「日文研 和歌データベース」による。

「ささやき竹」は新日本古典文学大系『室町物語集 上』、「鼠の草子」「強盗鬼神」は『室町時代物語大成』(角川書店)による。

「御文(御文章)」日本思想大系『蓮如 一向一揆』岩波書店、一九七二

「九条右丞相遺誡」日本思想大系『古代政治社会思想』岩波書店、一九七九

「連珠合璧集」中世の文学『連歌論集 一』三弥井書店、一九七二

『樵談治要』群書類従第二十七輯

『太平広記』中華書局、一九六一

『和漢朗詠集私注』新典社、一九八二

『和漢朗詠集古注釈集成』第一、二上下、三巻、大学堂書店、一九八九〜一九九七

「往生礼讃」浄土宗全書テキストデータベース

『禁秘抄』国立公文書館デジタルアーカイブ

『貞丈雑記』『塩尻』国立国会図書館デジタルコレクション

『玉台新詠』徐陵編・呉兆宜注『玉台新詠箋注』中華書局、一九八五

『沙汰未練書』新日本古典籍総合データベース、宮内庁書陵部本
伊勢貞丈『婚礼法式　上』東博デジタルライブラリー

なお、すべてのテキストは読みやすいように表記を改め漢文は書き下しにし、句読点等を加えている。

二　参考文献（出版年順。本文中で言及した文献を中心に主要なものをあげた）

まえがき

益田勝実「黎明――原始的想像力の日本的構造」『火山列島の思想』筑摩書房、一九六八（講談社学術文庫、二〇一五）
真木悠介『時間の比較社会学』岩波書店、一九八一（岩波現代文庫、二〇〇三）（さまざまな時間意識についての詳論はこれを参照）
橋本万平『増補版　日本の時刻制度』塙書房、二〇〇二
勝俣鎮夫「バック　トゥ　ザ　フューチュアー――過去と向き合うということ」『中世社会の基層をさぐる』山川出版社、二〇一一
国立天文台「暦 Wiki」https://eco.mtk.nao.ac.jp/koyomi/wiki/BBFEB9EF.html

鶏が鳴く

桜井満「鶏が鳴くあづま」『日本歌謡研究』第四号、一九六六

山口健児『鶏』(ものと人間の文化史四九)、法政大学出版局、一九八三

山田慶児『夜鳴く鳥——医学・呪術・伝説』岩波書店、一九九〇

夏目漱石「夢十夜」『漱石全集』第十二巻、岩波書店、一九九四

高嶋和子「鶏」『源氏物語動物考』国研出版、一九九九

吉海直人「後朝を告げる「鶏の声」——『源氏物語』の「鶏鳴」」『古代文学研究(第二次)』第二九号、二〇二〇(『『源氏物語』の時間表現』新典社、二〇二一、所収)

近藤ようこ漫画、夏目漱石原作『夢十夜』岩波現代文庫、二〇二〇

暁の別れ

日下力「『とはずがたり』の鐘——その寓意性をめぐって」『日本文学』三三—七、一九八四

久保田淳『ことばの森——歌ことばおぼえ書』明治書院、二〇〇八(「しののめ」についてはこれを参照)

小林賢章『「暁」の謎を解く——平安人の時間表現』角川選書、二〇一三

久保田淳「藤原俊成の「あけぼの」の歌について——歌ことば「あけぼの」に関連して」『日本学士院紀要』七〇—一、二〇一五(「あけぼの」についてはこれを参照)

吉海直人『『源氏物語』「後朝の別れ」を読む——音と香りにみちびかれて』笠間書院、二〇一六

吉海直人「平安文学における時間表現考——暁・朝ぼらけ・あけぼの・しののめ」『古代文学研究（第二次）』第二七号、二〇一八（前掲『『源氏物語』の時間表現』所収）

暁は救済のとき

速水侑『弥勒信仰——もう一つの浄土信仰』評論社、一九七一
吉野瑞恵「弥勒菩薩による救済の表現——『とはずがたり』を中心に」『駿河台大学論叢』第五一号、二〇一五

あのひとの・あさ

『延喜式』新訂増補国史大系、吉川弘文館、一九七二
橋本義彦『平安貴族』平凡社、一九八六
山口博『王朝貴族物語——古代エリートの日常生活』講談社現代新書、一九九四
日向一雅「源氏物語と平安貴族の生活と文化についての研究——貴族の一日の生活について」『明治大学人文科学研究所紀要』第五四号、二〇〇四
川村裕子『平安男子の元気な！生活』岩波ジュニア新書、二〇二一

昼食の風景

佐竹昭広『古語雑談』岩波新書、一九八六
奥村彪生「古代食の復元について」『調理科学』二四―一、一九九一
福田アジオほか編『日本民俗大辞典 上』吉川弘文館、一九九九
池田亀鑑『平安朝の生活と文学』ちくま学芸文庫、二〇一二
吉田元『日本の食と酒』講談社学術文庫、二〇一四
横浜市歴史博物館編『大おにぎり展――出土資料からみた穀物の歴史』二〇一四
阿部泰郎・伊藤信博編『『酒飯論絵巻』の世界』勉誠出版、二〇一四
酒井伸雄『日本人のひるめし』吉川弘文館、二〇一九

昼寝の姫君

葛綿正一「源氏物語における視線の問題――昼寝をめぐって」『物語研究』第二集、一九八八
辛島正雄「蝙蝠と駒と昼寝の物語――散逸『こまのの物語』をめぐる断章」『古代文学論叢』第一四輯、一九九七
大橋賢一「中国古典詩における昼寝について――唐代を中心に」『筑波中国文化論叢』第二二号、二〇〇二

白昼堂々

佐竹昭広『下剋上の文学』筑摩書房、一九六七（ちくま学芸文庫、一九九三）
『中世法制史料集』第一巻・別巻、岩波書店、一九六九・一九七八
羽下徳彦「苅田狼藉考」『法制史研究』第二九号、一九七九
阿部謹也・網野善彦・石井進・樺山紘一『中世の風景』上・下、中公新書、一九八一
網野善彦・石井進・笠松宏至・勝俣鎭夫『中世の罪と罰』東京大学出版会、一九八三（講談社学術文庫、二〇一九）

あのひとの・ひる

日向一雅「源氏物語と平安貴族の生活と文化についての研究」（前掲）

夕陽を観る

松井律子「家隆終焉の地—難波—への道」『就実語文』第二六号、二〇〇五
植木朝子「四天王寺西門信仰と今様——『梁塵秘抄』一七六番歌をめぐって」『日本歌謡研究』第四七号、二〇〇七
中沢新一『大阪アースダイバー』講談社、二〇一二
有栖川有栖「夕陽庵」『幻坂』メディアファクトリー、二〇一三（家隆の夕陽庵を題材にした短編小説）

彼は誰そ時

泉鏡花「照葉狂言」『鏡花全集』第二巻、岩波書店、一九四二
竹村信治「説話体作家の登場――物語としての」『国文学　解釈と教材の研究』四六―一〇、二〇〇一
平岡敏夫『〈夕暮れ〉の文学史』おうふう、二〇〇四
田中貴子「夕暮の都市に何かが起きる」『あやかし考――不思議の中世へ』平凡社、二〇〇四
久保田淳『ことばの森――歌ことばおぼえ書』（前掲）

夕べは白骨となる

今井源衛『花山院の生涯』桜楓社、一九六八
目崎徳衛「総論――無常と美のパラドクス」『大系　仏教と日本人5　無常と美』春秋社、一九八六
田坂憲二・田坂順子編著『藤原義孝集――本文・索引と研究』和泉書院、一九八七
田中幹子「秋はなほ夕まぐれこそただならね荻の上風萩の下露――和漢朗詠集の秋の夕（秋興・秋晩）について」『京都語文』第三号、一九九八
山本聡美・西山美香編『九相図資料集成――死体の美術と文学』岩田書院、二〇〇九
山本聡美『中世仏教絵画の図像誌――経説絵巻・六道絵・九相図』吉川弘文館、二〇二〇
阿部美香「九相図遡源試論――醍醐寺焔魔王堂九相図と無常講式」『昭和女子大学　女性文化研究所紀要』第四八号、二〇二一

あのひとの・ゆう

小川剛生「『高倉院厳島御幸記』をめぐって」『明月記研究』第九号、二〇〇四
高橋昌明『平清盛 福原の夢』講談社選書メチエ、二〇〇七
深沢徹「喧嘩の舟路――『高倉院厳島御幸記』にみる〈交通〉」『往きて、還る。――やぶにらみの日本古典文学』現代思潮新社、二〇一一
佐伯智広「高倉皇統の所領伝領」『中世前期の政治構造と王家』東京大学出版会、二〇一五

葬送の夜

勝田至『死者たちの中世』吉川弘文館、二〇〇三
勝田至『日本中世の墓と葬送』吉川弘文館、二〇〇六
吉田奈稚子「中世の葬送と供養観の展開」『三重大史学』第一一号、二〇一一
赤間恵都子「『枕草子』の雪景色――作品生成の原風景」『十文字学園女子大学紀要』第四六集、二〇一五
朧谷寿『平安王朝の葬送――死・入棺・埋骨』思文閣出版、二〇一六

月の顔を見るなかれ

静永健「月を仰ぎ見る妻へ――白居易下邽贈内詩考」『九州中国学会報』第四三編、二〇〇五

太田陽介「夕顔巻の「月」――『更級日記』との関係について」『文化継承学論集』第二号、二〇〇五
山本啓介「姨捨山の月」鈴木健一編『天空の文学史――太陽・月・星』三弥井書店、二〇一四
荒木浩『古典の中の地球儀――海外から見た日本文学』NTT出版、二〇二二(月の面についての論あり)

雪と夜景の発見

岡本明『去来抄評釈』名著刊行会、一九七〇
南信一『総釈 去来の俳論(下) 去来抄』風間書房、一九七五
藤原千恵子編『図説 浮世絵に見る江戸の一日』河出書房新社、一九九六
天谷華子・山崎正史「絵画描写による夜間景観の見方に関する考察」『日本建築学会大会学術講演梗概集』一九九七年九月
佐藤康宏『日本美術史』放送大学教育振興会、二〇〇八
藤田真一「灯火に寄せる情を名句に詠ずる」『別冊太陽 日本のこころ202 与謝蕪村』平凡社、二〇一二
星野鈴『蕪村の絵絹』風人社、二〇一三
矢島新「日本絵画の白と黒」『跡見学園女子大学人文学フォーラム』第一二号、二〇一四
復本一郎『芭蕉の言葉――『去来抄』〈先師評〉を読む』講談社学術文庫、二〇一六
舟橋萌絵「〈夜景画〉の誕生――北斎から広重へ」『文明研究』第三七号、二〇一八

あのひとの・よる

『続群書類従　補一　満済准后日記』続群書類従完成会、一九三四
細川涼一「中世寺院の稚児と男色」『逸脱の日本中世――狂気・倒錯・魔の世界』ＪＩＣＣ出版局、一九九三（ちくま学芸文庫、二〇〇〇年）
森茂暁『満済――天下の義者、公方ことに御周章』ミネルヴァ書房、二〇〇四
小川剛生『足利義満――公武に君臨した室町将軍』中公新書、二〇一二

火影が映し出すもの

倉田実「狭衣物語の灯影と月影」王朝物語研究会編『論叢狭衣物語1　本文と表現』新典社、二〇〇〇
河添房江「光源氏の身体と装いをめぐって」『源氏物語時空論』東京大学出版会、二〇〇五
岡本綺堂『新装版　影を踏まれた女』光文社文庫、二〇〇六
市東あや「中世王朝物語における「火影」――印象的表現をめぐって」『東洋大学大学院紀要』第五五号、二〇一九

離魂病と飛ぶもの

大谷正信ほか訳『小泉八雲全集』第七巻、第一書房、一九二六
小泉一雄編『小泉八雲秘稿画本　妖魔詩話』小山書店、一九三四

金谷治訳注『荘子』第一冊、岩波文庫、一九七一
吉田幸一編『狂歌百物語』上・下、古典文庫、一九九九
松村恒「『無門関』第三十五則「倩女離魂」の材源について」『印度学仏教学研究』四七―二、一九九九(本論文によると、「倩女離魂」の物語は『無門関』そのものではなくその注釈書である『鼇頭無門関』に引用されており、『剪燈新話』の注釈書や逸書『離魂記』所引の説話などを取り合わせたものである)
池田雅之編訳『小泉八雲コレクション 虫の音楽家』ちくま文庫、二〇〇五
京極夏彦・文、多田克己・編『妖怪画本 狂歌百物語』国書刊行会、二〇〇八
田中貴子「八雲の描いたお化けの絵――『妖魔詩話』をめぐって」『文学』一〇―四、二〇〇九
寺田寅彦「小泉八雲秘稿画本『妖魔詩話』」『怪異考 化物の進化――寺田寅彦随筆選集』中公文庫、二〇一二
南條竹則訳『怪談』光文社古典新訳文庫、二〇一八
ディディエ・ダヴァン『『無門関』の出世双六――帰化した禅の聖典』平凡社、二〇二〇(本書によると、『鼇頭無門関』は日本で寛文六年〈一六六六〉に刊行され広く流通した。八雲の見た版本もこれではないかと思われる)
円城塔訳『怪談』角川書店、二〇二二
富山大学附属図書館「ヘルン文庫」https://www.lib.u-toyama.ac.jp/chuo/hearn/hearn_index.html
Lafcadio Hearn, *Some Chinese Ghosts*, Robert Brothers, 1887.

Lafcadio Hearn, *Exotics and Retrospectives*, Little, Brown and Company, 1914.

こわい嫁入り

『三田村鳶魚全集』第一一巻、中央公論社、一九七五

小池正胤ほか編『江戸の絵本——初期草双紙集成Ⅲ』国書刊行会、一九八八

倉本四郎『鬼の宇宙誌』講談社、一九九一（平凡社ライブラリー、一九九八）

森下みさ子『江戸の花嫁——婿えらびとブライダル』中公新書、一九九二

田中優子『江戸の恋——「粋」と「艶気」に生きる』集英社新書、二〇〇二

日野巌『動物妖怪譚 下』中公文庫 BIBLIO、二〇〇六

柴田宵曲編『奇談異聞辞典』ちくま学芸文庫、二〇〇八

徳田和夫「『婚怪草紙絵巻』、その綾なす妖かし」小松和彦編『妖怪文化の伝統と創造——絵巻・草紙からマンガ・ラノベまで』せりか書房、二〇一〇

菊地ひと美画・文『お江戸の結婚』三省堂、二〇一一（図版多数で実例がよくわかる）

宮田登「化物嫁入のフォークロア」（アダム・カバット編『江戸化物草紙』角川ソフィア文庫、二〇一五）

アダム・カバット編『江戸化物草紙』角川ソフィア文庫、二〇一五

大内瑞恵「絵巻と草双紙——『化物婚礼』絵巻と十返舎一九『化物の娵入』考」『東洋大学大学院紀要』第五四号、二〇一七

図版出典一覧

巻頭図　作図　前田茂実
図1　小松茂美編『日本の絵巻八　年中行事絵巻』中央公論社、一九八七
図2　ハーバード大学美術館蔵。『週刊　絵巻で楽しむ源氏物語五十四帖』第一〇号、朝日新聞出版、二〇一二
図3　宇治市源氏物語ミュージアム蔵。『週刊　絵巻で楽しむ源氏物語五十四帖』第二六号、朝日新聞出版、二〇一二
図4　東京国立博物館蔵。前掲『週刊　絵巻で楽しむ源氏物語五十四帖』第二六号
図5　當麻寺蔵。『中将姫と當麻曼荼羅——祈りが紡ぐ物語』奈良国立博物館、二〇二三
図6　国立国会図書館デジタルコレクション
図7　稲田篤信・田中直日編『鳥山石燕　画図百鬼夜行』国書刊行会、一九九二
図8　著者蔵
図9　聖衆来迎寺蔵。画像提供　滋賀県立琵琶湖文化館
図10　メトロポリタン美術館デジタルコレクション
図11　国立国会図書館デジタルコレクション

図12　個人蔵
図13　太田記念美術館蔵
図14　吉田幸一編『狂歌百物語　上』古典文庫、一九九九
図15　小泉一雄編『小泉八雲秘稿画本　妖魔詩話』小山書店、一九三四
図16　国際日本文化研究センター蔵
図17　小池正胤編『江戸の絵本――初期草双紙集成Ⅲ』国書刊行会、一九八八

あとがき

朝、昼、夜。一日、一月、そして一年。昆虫や小動物と人間が感じる時間の感覚は異なっても、〈とき〉は生きているものに平等に訪れる。いや、道具や家といった生きていないものにも、時間の流れは容赦なく襲いかかってくる。消極的にいえばそれは「死」や「老化」、「劣化」ということになろうが、前向きにとらえれば変化、前進ということもできる。考え方一つで、どちらにもなるものだ。時間はその意味で、実にパーソナルかつ柔軟性に富んだものなのである。

年を重ねるにつれて時間の感覚はより速くなり、今まですごしてきた年月が遠く遠くなってゆく。まるで自分が何光年もの速さで大宇宙を航行しているような、未知への道程をたどっている気分でもある。そうした時間のうちに身を置くようになって、それぞれの時代、それぞれの〈とき〉に生きていた人々のいとなみが、しみじみと愛しく感じられるようになってきた。

本書は、古典文学にあまりなじみのない読者にもそうした人々の息吹を感じ取って頂けることを心がけて作られた。取り上げたのは教科書でもよく知られた古典文学作品が多いが、中には論文になりそうな新仮説もいくつか提示してみたので、単なる案内書に終わるものではないとも考えている。

本書は私の二十冊めの単著に当たるが、実はこの十年あまり、まったく本を書くことができなかった。公私、心身ともにさまざまな波に翻弄され、私の五十代はまさしくミドルエイジ・クライシスのまっただ中にあったのである。それは、仏教でいう八苦のうち、「老、病」がひとかたまりとなってやってきたということでもある。また、世の中も激しく変わってゆき、「死」が常に隣り合わせにあるということをまざまざと見せつけられたことも大きかった。否応なく自分の足元とこれからを見直し、今までのモードを変換する必要に迫られたのだ。ようやく波の合間に顔を出して息継ぎすることができるようになったのは、ついこの間のことである。本書の執筆はそのよい契機となった。今まで饒舌になりがちだった文体はちりめん山椒を炊くときのようにあっさりめを心がけた反面、古典文学の滋味をじっくり味わってもらえるよう、なるべく資料に語らせるようにした。そして「あとがき」を長々と記す癖があったが、今回は「あとがき」よりまず本文を先に読んで頂きたく思う。

執筆や資料収集に当たっては、河添房江氏、西山克氏、内田澪子氏、友田義行氏のご助力を得た。また、図版掲載には井田太郎氏、所蔵者各位のご厚意を得た。ゲラを見て頂いた校正者の小林寧子さんの丁寧なお仕事にも感激した。ここに記してみなさまに御礼申しあげる。

岩波新書の杉田守康さんには、ご依頼から執筆の伴走に至るまで大変お世話になった。杉田さんの「楽しんで書いて下さい」という言葉をお守りのようにして、本当に楽しく書くことができたことに感謝したい。読者の方々にも、楽しんで頂ければ幸いである。

なお、本書は私としては異例の速さで脱稿したが、それはひとえに、二〇二一年七月に他界した猫、きなこの一周忌に間に合わせたいがためであった。きなこは、男前で身仕舞いのよい猫であった。十三年間、喜びも苦しみも分かち合ってきた最愛のパートナーであるきなこの霊前に、つつしんでこの本を捧げる。そして現在ともに暮らす、おそらく最後のパートナーとなるであろう猫の文覚(もんちゃん)にも感謝しておきたいと思う。

二〇二二年十一月

田中貴子

田中貴子

1960年，京都府生まれ．1988年，広島大学大学院文学研究科修了．博士(日本文学)．京都精華大学助教授などを経て，
現在一甲南大学文学部教授
専攻一日本中世文学
著書一『渓嵐拾葉集の世界』(名古屋大学出版会)
『外法と愛法の中世』(平凡社ライブラリー)
『日本〈聖女〉論序説』(講談社学術文庫)
『鏡花と怪異』(平凡社)
『中世幻妖』(幻戯書房) ほか

いちにち、古典 〈とき〉をめぐる日本文学誌
岩波新書(新赤版)1958

2023年1月20日　第1刷発行

著　者　田中貴子（たなかたかこ）

発行者　坂本政謙

発行所　株式会社 岩波書店
〒101-8002 東京都千代田区一ツ橋 2-5-5
案内 03-5210-4000　営業部 03-5210-4111
https://www.iwanami.co.jp/

新書編集部 03-5210-4054
https://www.iwanami.co.jp/sin/

印刷・三陽社　カバー・半七印刷　製本・中永製本

ISBN 978-4-00-431958-0　　Printed in Japan

岩波新書新赤版一〇〇〇点に際して

ひとつの時代が終わったと言われて久しい。だが、その先にいかなる時代を展望するのか、私たちはその輪郭すら描きえていない。二〇世紀から持ち越した課題の多くは、未だ解決の緒を見つけることのできないままであり、二一世紀が新たに招きよせた問題も少なくない。グローバル資本主義の浸透、憎悪の連鎖、暴力の応酬——世界は混沌として深い不安の只中にある。

現代社会においては変化が常態となり、速さと新しさに絶対的な価値が与えられた。消費社会の深化と情報技術の革命は、種々の境界を無くし、人々の生活やコミュニケーションの様式を根底から変容させてきた。ライフスタイルは多様化し、一面では個人の生き方をそれぞれが選びとる時代が始まっている。同時に、新たな格差が生まれ、様々な次元での亀裂や分断が深まっている。社会や歴史に対する意識が揺らぎ、普遍的な理念に対する根本的な懐疑や、現実を変えることへの無力感がひそかに根を張りつつある。そして生きることに誰もが困難を覚える時代が到来している。

しかし、日常生活のそれぞれの場で、自由と民主主義を獲得し実践することを通じて、私たち自身がそうした閉塞を乗り超え、希望の時代の幕開けを告げてゆくことは不可能ではあるまい。そのために、いま求められていること——それは、個と個の間で開かれた対話を積み重ねながら、人間らしく生きることの条件について一人ひとりが粘り強く思考することではないか。その営みの糧となるものが、教養に外ならないと私たちは考える。歴史とは何か、よく生きるとはいかなることか、世界そして人間はどこへ向かうべきなのか——こうした根源的な問いとの格闘が、文化と知の厚みを作り出し、個人と社会を支える基盤としての教養となった。まさにそのような教養への道案内こそ、岩波新書が創刊以来、追求してきたことである。

岩波新書は、日中戦争下の一九三八年一一月に赤版として創刊された。創刊の辞は、道義の精神に則らない日本の行動を憂慮し、批判的精神と良心的行動の欠如を戒めつつ、現代人の現代的教養を刊行の目的とする、と謳っている。以後、青版、黄版、新赤版と装いを改めながら、合計二五〇〇点余りを世に問うてきた。そして、いままた新赤版が一〇〇〇点を迎えたのを機に、人間の理性と良心への信頼を再確認し、それに裏打ちされた文化を培っていく決意を込めて、新しい装丁のもとに再出発したいと思う。一冊一冊から吹き出す新風が一人でも多くの読者の許に届くこと、そして希望ある時代への想像力を豊かにかき立てることを切に願う。

（二〇〇六年四月）

岩波新書より

文学

万葉集に出会う　大谷雅夫
大岡信　架橋する詩人　大井浩一
源氏物語を読む　高木和子
『失われた時を求めて』への招待　吉川一義
三島由紀夫　悲劇への欲動　佐藤秀明
有島武郎　荒木優太
ジョージ・オーウェル　川端康雄
大岡信『折々のうた』選　詩と歌謡　蜂飼耳編
大岡信『折々のうた』選　短歌(一)・(二)　水原紫苑編
大岡信『折々のうた』選　俳句(一)・(二)　長谷川櫂編
日曜俳句入門　吉竹純
短篇小説講義〔増補版〕　筒井康隆
日本の同時代小説　斎藤美奈子
武蔵野をよむ　赤坂憲雄
中原中也　沈黙の音楽　佐々木幹郎
戦争をよむ　70冊の小説案内　中川成美
夏目漱石と西田幾多郎　小林敏明
『レ・ミゼラブル』の世界　西永良成
北原白秋　言葉の魔術師　今野真二
漱石のこころ　赤木昭夫
夏目漱石　十川信介
村上春樹は、むずかしい　加藤典洋
「私」をつくる　近代小説の試み　安藤宏
現代秀歌　永田和宏
言葉と歩く日記　多和田葉子
近代秀歌　永田和宏
杜甫　川合康三
古典力　齋藤孝
食べるギリシア人　丹下和彦
和本のすすめ　中野三敏
老いの歌　小高賢
魯迅◆　藤井省三
ラテンアメリカ十大小説　木村榮一
正岡子規　言葉と生きる　坪内稔典
ヴァレリー　清水徹
白楽天　川合康三
ぼくらの言葉塾　ねじめ正一
季語の誕生　宮坂静生
和歌とは何か　渡部泰明
小林多喜二　ノーマ・フィールド
いくさ物語の世界　日下力
漱石　母に愛されなかった子　三浦雅士
中国名文選　興膳宏
アラビアンナイト　西尾哲夫
小説の読み書き　佐藤正午
季語集◆　坪内稔典
学力を育てる　志水宏吉
森鷗外　文化の翻訳者　長島要一
英語でよむ万葉集　リービ英雄
源氏物語の世界　日向一雅
花のある暮らし　栗田勇
読書力　齋藤孝

岩波新書より

一億三千万人のための小説教室　高橋源一郎
花を旅する　栗田　勇
一葉の四季　森まゆみ
西遊記　中野美代子
中国文章家列伝　井波律子
太宰治　細谷　博
隅田川の文学　久保田淳
ジェイムズ・ジョイスの謎を解く　柳瀬尚紀
戦後文学を問う　川村　湊
三国志演義　井波律子
短歌をよむ　俵　万智
新しい文学のために　大江健三郎
歌い来しかた　わが短歌戦後史　近藤芳美
四谷怪談　悪意と笑い　廣末　保
万葉群像　北山茂夫
折々のうた　大岡　信
詩への架橋　大岡　信
アメリカ感情旅行　安岡章太郎

読書論　小泉信三
黄表紙・洒落本の世界　水野　稔
詩の中にめざめる日本　真壁　仁編
日本の現代小説　中村光夫
日本の近代小説　中村光夫
平家物語◆　石母田正
源氏物語◆　秋山　虔
古事記の世界◆　西郷信綱
日本文学の古典〔第二版〕　西郷信綱・永積安明・広末　保
李白　A・ウェイリー　小川環樹・栗山稔訳
新唐詩選　吉川幸次郎・三好達治
中国文学講話　倉石武四郎
ギリシア神話◆　高津春繁
文学入門　桑原武夫
万葉秀歌 上・下　斎藤茂吉

岩波新書より

随筆

(2021.10)　◆は品切，電子書籍版あり．　(Q1)

岩波新書/最新刊から

1947 「移民国家」としての日本
―共生への展望―
宮島喬 著
私たちの周りでは当たり前のように外国人たちが働き、暮らしている。もはや「移民大国」となった日本の複雑な現状を描き出す。

1948 高橋源一郎の飛ぶ教室
―はじまりのことば―
高橋源一郎 著
毎週金曜夜、ラジオから静かに流れ出す、時に切ない、滋味あふれるオープニング・トーク。朗読ドラマ「さよならラジオ」を初収録。

1949 芭蕉のあそび
深沢眞二 著
芭蕉はどのようにして笑いを生み出したのか。「しゃれ」「もじり」「なりきり」など、芭蕉俳諧の〈あそび〉の精神と魅力に迫る。

1950 知っておきたい地球科学
―ビッグバンから大地変動まで―
鎌田浩毅 著
地球に関わるあらゆる事象を丸ごと科学する学問は、未来を生きるための大切な知恵を教えてくれる。学び直しに最適な一冊。

1951 アフター・アベノミクス
―異形の経済政策はいかに変質したのか―
軽部謙介 著
金融政策から財政政策への構造転換はいつ、どのように起きたのか。当局者たちの動きを詳らかにし、毀誉褒貶激しい政策を総括する。

1952 ルポ アメリカの核戦力
―「核なき世界」はなぜ実現しないのか―
渡辺丘 著
秘密のベールに包まれてきた核戦力の最前線を訪ね、歴代政府高官や軍関係者などへの単独取材を交えて、核の超大国の今を報告。

1953 現代カタストロフ論
―経済と生命の周期を解き明かす―
金子勝
児玉龍彦 著
コロナで見えてきた「周期的なカタストロフ」という問題。経済学と生命科学の両面から現状を解き明かし、具体的な対処法を示す。

1954 マルクス・アウレリウス
『自省録』のローマ帝国
南川高志 著
歴史学の観点と手法から、終わらない疫病と戦争という『自省録』の時代背景を明らかにすることで、「哲人皇帝」の実像に迫る。

(2023. 1)